검은 표범 여인

검은 표범 여인

문혜진 시집

●

민음의 시 144

민음사

시인의 말

  절벽에서 떨어진 새끼 사자의 심정으로, 사랑하는 사람들의 죽음과 탄생을 겪는 동안 시를 쓰며 겨우 겨우 견디고 위안 삼던 밤들이 생각납니다. 그 외롭고 막막했던 시간에 울부짖음으로 쓴 부족한 제 시들이 김수영 시인의 이름으로 큰 상을 받게 되었다는 소식을 듣고 너무 벅차고 영광스러웠습니다. 오랫동안 존경하고 흠모해 온 김수영 시인의 영혼이 내 누추한 껍질을 걷고 들어와 너의 진짜 인생을, 진짜 시를 이제부터 펼쳐 보이라고 속삭이는 것 같았습니다. 한편으로는 큰 상을 받게 되어 독이 되지 않을까 두렵기도 하지만 "시를 쓰며, 우리는 맹수들 속에서 살고 있어"라는 네루다의 시 구절, 김수영 시인이 시와 삶을 통해 치열하게 끌고 간 세상과 자신에 대한 질문처럼 저도 시와 함께 끝까지 가 보겠습니다.

  세상의 보이지 않는 이면에 대해, 귀머거리와 눈먼 자

들의 감각 그 너머의 세계에 대해 낯선 경이와 내면의 불구를 간직한 채, 처음 시와 사랑에 빠졌던 그 순간의 열정으로 다시 시작하겠습니다. 퇴화된 인간 감각이 놓친 것들, 몸이 곧 감각인 파충류의 피부, 정지 비행하는 매의 눈과 자신의 영역을 돌며 평생 혼자 외롭게 살아가는 맹수의 근성으로 긴장감을 놓치지 않고 변화 발전하는 시인으로 살겠습니다.

눈이 먼 말년의 보르헤스가 그랬답니다. 알고 있는 이야기도 처음 듣는 이야기처럼 조용히 듣는다고. 누군가의 이야기를 들어 주는 것은 참 아름다운 행위인 것 같습니다. 위로라는 말과 다르지 않다는 생각입니다. 제 보잘것없는 시가 마음껏 울부짖지 못하는 사람들에게 잠시나마 작은 위로가 된다면 더 바랄 게 없겠습니다.

제 시를 돌아볼 수 있는 기회를 주시고 큰 상으로 격려해 주신 민음사와 최승호, 남진우, 서동욱 심사위원 선생님들께 마음 깊은 곳으로부터 감사를 드립니다. 기대와 격려가 헛되지 않게 더 열심히 하겠습니다. 언제나 큰 힘이 되어 주고 배려해 주신 가족들의 사랑이 없었다면 저는 아무것도 아니었을 것입니다. 은사님들, 나의 오랜 친구들, 2년 전 작고하신 사랑하는 할머니와 내 아기에게도 고마움과 사랑을 전합니다.

2007년 12월
문혜진

차례

미래의 인간은 동물로 채워질 것이다.

— 랭보

검은 표범 여인

　낯선 여행지에서 어깨에 표범 문신을 한 소년을 따라가 하루 종일 뒹굴고 싶어 가장 추운 나라에서 가장 뜨거운 섹스를 나누다 프러시아의 스킨헤드에게 끌려가 두들겨 맞아도 좋겠어 우리는 무엇이든 공모하기를 좋아했고 서로의 방에 들어가 마음껏 놀았어 무례함을 즐기며 인스턴트 커피와 기타의 선율 어떻게 하면 인생을 망칠 수 있을까 골몰하며 야생의 경전을 돌려 보았지 그러나 지금은 이산의 계절 우리는 춥고 쉬 지치며 더, 더, 더, 젊음을 질투하지 하지만 네가 잠든 사이 나는 허물을 벗고 스모키 화장을 지우고 발톱을 세워 가터벨트를 푼다 세상에서 가장 높은 하이힐을 벗어 던지고 사로잡힌 자의 눈빛으로 검은 표범의 거처에 스며들 거야 단단한 근육을 덮은 윤기 흐르는 검은 벨벳, 흑단의 전율이 폭발할 때까지 이제 동굴보다 깊은 잠을 자야지 도마뱀자리 운명, 진짜 내 목소리를 들려줄까?

북극흰올빼미

그 바다의 모든 의혹을 품고 있는
신비로운 소녀의 눈을 기억한다면
외계에서 이탈한 빛
오로라를 만날 수 있지
창백한 은발에 깊은 초록 눈을 가진
그런 소녀 말이야
흰올빼미의 정적이 흐르는 이마
부유하는 빙하의 고독이 잠시 머문 콧날
달싹일 때마다 깊은 사이프러스 향이 나는 차가운 입술
그 소녀를 만난다면
가장 추운 나라의 빙판 위에서 맨발로 춤출 거야
대지의 집착을 견디지 못해 분출하는 간헐천
빙하를 삼킨 유황 온천의 넘치는 열기
춤을 추다 녹아내릴 거야
증발할 거야
존재하지 않는 곳으로의 여행
나는 물이 아니지
얼음이 아니야
나는 설인도 아니지

눈보라 속에서 발끝을 세우고 춤추는 나는
이탈한 자의 폭포
정지 비행하는 매
재가 섞인 빙산의 에테르
새벽 3시
낙뢰에 영혼이 이탈한 흰올빼미

홍어

내 몸 한가운데 불멸의 아귀
그곳에 홍어가 산다

극렬한 쾌락의 절정
여체의 정점에 드리운 죽음의 냄새

오랜 세월 미식가들은 탐닉해 왔다
홍어의 삭은 살점에서 피어나는 오묘한 냄새
온 우주를 빨아들일 듯한
여인의 둔덕에
코를 박고 취하고 싶은 날
홍어를 찾는 것은 아닐까

해풍에 단단해진 살덩이
두엄 속에서 곰삭은 홍어의 살점을 씹는 순간
입 안 가득 퍼지는
젊은 과부의 아찔한 음부 냄새
코는 곤두서고
아랫도리가 아릿하다

중복 더위의 입관식
죽어서야 겨우 허리를 편 노파
아무리 향을 피워도 흐르던
차안(此岸)의 냄새

씻어도
씻어 내도
돌아서면 밥 냄새처럼 피어오르는 가랑이 냄새
먹어도 먹어도
허기지는 밤
붉어진 눈으로
홍어를 씹는다

야생의 책

젖을 물린다
방심한 짐승의 눈빛으로
달큰한 젖내에 겨워
가장 작고 예민한 입술의 애무를 받으며

나는 꽃피우는 기계
이성이 마비된 울창한 책
한 번도 읽지 못한
아무도 펼치지 못한 무한한 페이지
인류 문명의 근원보다 위대한
생명의 발상지
육덕한 젖줄기가
골짜기를 타고 대지에 흘러넘친다

그리하여 나는 쓴다
월식의 완전한 어둠과 늑대 울음소리
나의 침대는 암흑의 시간을 잉태한 채
흐르고 흘러
어디에서나 머물고

아무 곳에도 없다

게르에서 잠을 깬 아침
젖을 빨며 울고 있는 너는
내 아들인가 아비인가
야생 커피 한 잔과 마유주 한 모금은
순록의 뿔처럼 단단했던 몸을 녹여 주었고
차가운 허벅지 사이로 흐르는 즙액
백야의 자궁 같은 뭉근한 백일몽

북극여우는 만년설에 할례를 마쳤고
생장이 멈춘 채 눈 속에 묻혔다
사막은 내부의 허무를 확장해
푸른 이파리의 나무들을 산 제물로 삼켰고
첫 발정이 마지막 발정이 되는 순간
산란하지 못한 물고기의
부유하는 정액이
물속을 혼미하게 했으나
아무도 멈추는 법을 몰랐다

태양의 주기에 생체리듬이 맞추어진 이뉴이트의 발작
그들은 일 년에 한 번씩 태양의 사제가 된다
우거지는 순록의 뿔
때가 되면 떨어져 나가는 비늘
생장점이 극에 달했을 때
우주는 스스로를 반복한다
순환의 리듬이
세상의 경전을 살찌우는 동안
몸속 유전자의 기억은
피를 흘리며 날고기를 씹는다

무성한 육체의 시간
방심한 두발짐승의 풀어헤쳐진 몸을 더듬는
작은 포유류 한 마리
내 발꿈치를 덥석 문다

시베리아의 밤

어디 너의 무용담을 한번 펼쳐 보시지 보드카만 축내지
말고 취하면 고, 고, 고르바초프로 시작되는 그 말더듬이
가 거슬리지만 우데게 마을 이야기 좀 해 봐 진짜 호랑이
를 보긴 한 거야? 호랑이 사냥꾼이자 제사장인 와샤 그의
러시아 백마들과 어울려 질펀하게 퍼마신 이야기 말고 진
짜 시베리아 이야기를 들려줘

시베리아 아 ── 긴 폭설을 뚫고 지나가는 육중한 열차
타이가 숲에서 필요한 건 한 개비의 성냥과 총알 한 방, 나
에게 필요한 건 창백한 러시아 영계의 불타는 계곡주 지루
함에 불 지르는 네버 엔딩 스토리 놀고 있네 더 취하기 전
에 썰 좀 풀어 봐!

호랑이의 배설물과 흔적이 있는 길목에 땅굴을 파고 나
무 위에 위장막을 짓지 100킬로미터 펼쳐진 광활한 그의
영역에서 일 년을 기다렸어 영하 20도의 혹한, 이빨은 썩어
들어가고 관절은 옹관 속 미라가 다 됐지 길목 여기저기에
무인 카메라를 장착하고 호랑이를 기다리는 거야 냄새를
피우지 않기 위해 페트병에 오줌을 싸고 똥은 비닐에 묶어

두었다 교대할 때 버리지 통조림과 곡물 말린 씨앗과 열매
로 배를 채우고, 백 가지가 넘는 바람 소리에 귀를 열어

　그렇게 모니터만 주시하기를 수개월, 러시아 예술사와 만
화책이 공무원 시험 문제 풀이집이 될 즈음 온몸의 감각
을 세우고 바람 소리에 귀가 발기된 새벽, 깜빡 졸다가 오
줌이 마려워 깼는데 모니터에 뭐가 획 지나가는 거야 너구
리겠지 하는 순간 헉! 암흑 속에서 푸르게 빛나는 안광(眼
光) 원격 감지 카메라 렌즈를 노려보며 커다랗고 느릿한 무
언가가 슬금슬금 다가왔지 왕대(王大)였어

　왕대가? 빡 돌아 버린 거야 예민한 코가 이미 모든 냄새
를 맡은 후였어 놈은 위장막 주위를 어슬렁거리다 주저 없
이 앞발로 카메라 렌즈를 툭 내리쳤어 나는 그 자리에 얼
어붙어 버렸지 쫌팽이! 렌즈가 박살 나고 그다음은 내 차
례잖아 이상한 쾌감이 밀려왔어 왕대와 마주한 그 절대의
공포와 위엄에 심장이 찢어질 것 같았지 호랑이는 카메라
를 다 부수고 위장막 쪽으로 다가와 내 손등에 수염을 스
윽 스치고 어둠 속으로 사라졌지……

동대문운동장 세르게이라는 고려인의 술집, 너는 홀린 눈빛으로 보드카에 양고기 꼬치를 씹으며 눈을 잘 마주치지 못한 채 자주 중얼거리며 손톱을 물어뜯었지 무엇인가에 사로잡혀 자신을 돌보지 않는 삶이 네가 진짜 원하던 인생이었다고, 매혹의 대가는 그토록 쓰고 달콤하며 그 발자국 끝에는 정말 살아 움직이는 호랑이가 있었다고, 푸카초바인지 조까부까인지의 노래를 따라 부르다 오랜 유배 생활에 폭삭 삭아 내린 이 사이로 담배를 끼워 물고 도넛을 만드는 너는 묘기의 달인.

악어사나이

자연 다큐멘터리를 찍기 위해
절명한 사나이가 있다
맹독성의 꼬리가시가 그의 운명을 깊숙이 찔렀고
그는 직접 가시를 뽑은 후
의식을 잃었다

야생동물의 먹이가
될 수도 있다는 것을 직감했다
무슨 일이 일어나도
계속 카메라를 돌리라고
입버릇처럼 말했던 그의
죽어 가는 모습이
입버릇대로 생중계됐다
악어와 뒹굴고
상어와 나란히 헤엄치던 야생의 피가
바다를 붉게 물들여도
그의 충직한
카메라맨은
촬영을 멈추지 않았다

그토록 열광했던 필드맨의 삶
자신을 죽음의 피사체로 객관화한
악어사나이
이미 어그러진 관계
도무지 어쩔 수 없었던 순간들

시간의 지렛대로 받친
악어의 팽팽한 아가리
그 깊고 예리한 적막 속으로
머리통을 집어넣은 채
영원히 명상에 잠긴
악어사나이

알래스카

― 마이클 주에게

한 사나이가 걷는다
그가 걷는 동안 계절이 바뀌고
순록의 뿔은 짙은 그림자를 드리웠다
세계의 이 뭉근한 자기변신술은
알 수 없는 깊이를 더해 갔고
나는 막막하고
무연히 걷는 한 남자에 관한 이야기를
이 밤 지어낸다
세계의 외부이자
얼음 아래 잠수부 같은 이야기

이뉴이트는 바다에 떠 있는 빙하 위에서
방금 사냥한 신선한 물개 가죽을 벗긴다
날고기를 씹으며
죽은 순록의 배 속에 카메라를 장착했다
사냥꾼이자 무당인 남자
그의 요청대로 눈 위에서 발작하는 연기를
제법 근사하게 선보였다
자연과 문명의 경계에서

저항 없이 수행되는 역할 놀이
MSG의 바다에서 헤엄치다가
소금사막에 다다르기까지
졸리면 그대로 쓰러져 잠을 자고
포식자가 되거나
관찰자가 되어
다만 걸었다 그는
몸에 묻은 소금을 순록에게 내어주고
길을 맛보고 기록하며
경계를 허물고
그 모든 것들이 바닥을 드러낼 때까지

아메리칸 인디언의 후손인 홍인종이 걸어온 길
송유관이 지나가는 길
저 막막한 빙판
늑대의 회색 털
순록의 뜯긴 내장에도
눈이 내린다
가장 차가운 살덩이에게 베푸는

우주의 배려

한 사나이가 걷는다
경계의 안과 밖을 넘어
길을 음미하고
밀회하며
자신이 걸어온 길의 신화를 만든다

로드킬

피오르드 해안의 빙하처럼 순정한 고라니 인디언 전사 구름송이풀 눈 내리는 은사시나무 언덕에서 고라니는 동료 들의 배웅을 받았다 임무는 터널 아래로 뛰어내려 고속도 로를 혼란에 빠뜨리는 것 얼마 전 비행기 엔진에 뛰어들어 훌륭히 임무를 수행한 청둥오리가 있었다 비행기에 몸을 날릴 새 떼는 공항 근처에서 24시간 대기 중이다 잠시 억울 한 생각이 들기도 했다 신선한 물방울이 볼에 맺혔다 초여 름 햇빛을 쐬다가 여학교 교정 앝은 숲 속에서 길을 잃었던 어느 날을 떠올렸다 시끄러운 여자 애들에게 둘러싸여 막 막하고 두려웠던 순간 고속도로에 차들이 밀려오고 있었다

눈발은 점점 거세졌다 순교할 준비가 되어 있는 소녀 자 살 특공대처럼 고라니는 눈을 질끈 감았다 코뿔소처럼 내 닫는 무쏘를 향해 순식간에 뛰어내렸다 무쏘는 중앙분리 대를 들이받고 뒤집혔다 피가 뿌려지고 뼈와 창자가 더럽 혀진 수술대 위의 신경처럼 예리하게 파닥인다 고라니는 빙하를 생각했다 눈이 내리는 빙하 고속도로가 마비되고 눈보라가 사나웠다 그는 조용히 눈을 감았다 고라니 계곡 에 첫눈이 내리는 날이었다

나무인지 바위인지

북웨일즈 계곡 너머 깊은 숲, 200년을 자라 오다 태풍에 꺾인 떡갈나무가 있었다 일생을 나무 언어 감식가로 살아온 조각가, 거대한 떡갈나무를 바위로 조각한 뒤 검은색을 입혔다 나무의 물성이 바위로 바뀌는 순간 나무바위는 두 번째 생을 시작하게 된다

던져진 채 구르고 굴러 풍화를 겪는 게 바위뿐이겠는가 몽상하며 깊어지는 개울물 소리 불그레한 달빛 두꺼비를 삼킨 흰 뱀의 여름 이끼가 촉촉이 몸을 덮었고 수리부엉이가 둥지를 틀기도 했다 눈 내리는 날 첫발자국을 찍고 날아간 노랑지빠귀의 유혹 얼어붙은 채 겨울을 나기도 했다 늪에서 질척일 때 폭풍이 그를 멀리 날려 주었고, 내면의 건기와 우기를 겪으며 나무바위는 마침내 부패하는 유기체의 희열을 느꼈다

강줄기를 따라 깎이고 닳아져 나무인지 바위인지 정체성도 잊은 채 다만 흐르고 흘렀다 어느 날 모래언덕 위의 마지막 대면 후 다시는 그를 볼 수 없었다 하구와 모래톱을 뒤졌지만 헛수고였다 바다로 나아간 나무이거나 바위,

낯선 경이와 보이지 않는 불구를 간직한 채 어디서나 존재
하거나 존재하지 않는 나의 나무바위

사냥꾼

외과 의사처럼 손이 예민하고 어떤 경우에도 수다스러운 법이 없다. 기괴하고 삐뚤빼뚤한 사냥꾼의 지도를 따라 밀실로 들어가면 북쪽에서 날아온 야생 기러기 가죽이 해일 후처럼 널려 있고 모닥불에 구운 호랑이 혓바닥, 올빼미 눈이 담긴 실린더. 마을은 수렵 금지 구역이 되었지만 사냥꾼은 비닐하우스 밀실을 짓고 밀렵 동물을 박제했다. 그들의 영혼이 바람과 함께 산을 넘을 수 있도록, 뿔 달린 짐승의 기름을 바르고 장인의 혼으로 동물 시체를 만졌다. 떠도는 먼지의 이력과 육체의 시간을 밀봉한 채, 새로운 메모리 칩을 장착하듯 영혼의 숨을 불어넣었다. 꿩이나 매를 레이스 덮개가 있는 피아노 위에 장식하던 시절, 그때는 제법 장사가 잘되었다. 박제는 중산층 가정집의 트렌드였다.

오토바이 바람막이, 투명 아크릴을 녹여 짐승의 눈을 만들었다. 받침대로 쓸 나무를 자르느라 오후 내 전기톱 소리가 요란했다. 수꿩은 제일 흔해 헤아릴 수 없었고, 노루 76마리, 고라니 53마리, 살쾡이 39마리, 멧돼지 32마리, 매 25마리, 검독수리 11마리, 족제비 50마리, 늑대 7마리, 장부에 적힌 숫자만 해도 대략 이랬다. 러시아 연해주에서 밀렵한 아무르 표범, 시베리아 호랑이도 공정을 거쳐 자연사박물관으로 이송되었다. 고양이과 동물은 특별히 날카로운 이빨과 붉은 혀를 드러내는 게 핵심이었다. 사냥꾼의 가족은 잠잘 때만 빼고 하루 종일 껌을 씹어 댔다. 껌을 뭉쳐 모양을 만들고 빨간약을 칠하면 생기 넘치는 살쾡이의 혀가 완성되었다.

지금은 아무도 박제로 집을 장식하지 않는다. 더 이상 거실에서 원앙 깃털 사이로 떨어지는 화려한 빛깔의 일몰을 만날 수 없다. 생태 보호구역이 늘어나고 사냥은 금지되었다. 터널이 생긴다는 뉴스가 보도될 때마다 수도자들은 단식을 하며 죽어 갔다. 딱히 기술이 없었던 사냥꾼은 도시의 인력시장을 기웃거렸다. 장기간의 경기 침체와 오일쇼크. 다시 연탄이 대유행이었다. 연탄 갈비집에 취직한 사냥꾼은 맹금류에 버금가는 시력과 외과 의사가 부러워하는 예민한 손재주로 하루에 100개가 넘는 번개탄에 불을 붙였다. 타고난 시력과 감각은 사냥꾼의 재능. 번개탄은 번개처럼 반짝 타서 연탄불에 옮겨 붙고, 한 번 사냥꾼은 영원한 사냥꾼이다.

표범약국

청담동 표범약국에는 표범약사가 있지
멸종된 줄로만 알았던 표범약사가
하얀 가운을 입고 인터넷을 하다가
귀찮은 듯 안약을 카운터에 슬쩍 밀어 주지

호랑이 연고도 팔고
무당거미의 독이 든 마취제도 팔지만
새끼 표범 침으로 만든 구강 청결제라든가
호피로 만든 무좀 양말 따위는 팔지 않아

인간의 육체를 포장해 온 무수한 환상을 제거하고
오로지 생물학적으로만 본다면
인간은 맹수의 공격 본능으로 학살을 일삼고
모피를 찬양하며
발정제를 사러 약국에 가지

이 겨울 다국적 패션 거리에는
베링해 섬 출신의 북극여우 털로 만든 재킷이 있고
덫에 걸리면 다리를 자르고 도망간다는

밍크쥐의 가죽을 수백 개 이어 만든 코트가 있지
내가 만약 난파선의 선원으로
북극여우의 섬에서 겨울을 보내게 된다면
내 격랑을 팽팽하게 껴안은
이 무용한 거죽으로 깃발이라도 만들어 흔들어야 하나

물어 버리기 위해
이빨을 아끼는 것이 아니라
이빨이 없어서
물지 못하는 것이라고
청담동 표범약사는
밤이면 긴 혀로 유리창을 핥으며
우아하게 내리는 눈을 바라본다

붉은 소파, 생물학적 연대기

1979년 뉴욕, 한 번 보면 누구나 호기심이 솟구치는 바커바르트의 붉은 소파. 세계의 유랑객, 영혼들이 쉬어 가는 마법의 왕좌. 세계를 여행하며 전 인류의 비밀스런 이야기를 주술처럼 쏟아 내고 싶었다. 무수히 쌓인 돌들의 신전을 지나 태양이 지지 않는 바다의 내면과 만날 때까지. 비행기 격납고에 숨죽이고 있었지만, 수피에 감싸인 촉촉한 생나무의 기억과 인조 모피를 덧씌웠던 바느질의 아픈 순간을 소중히 여겼다.

모든 것은 음악처럼 통했다.

라플레시아, 생장점이 한계에 달했을 때 지독한 악취와 함께 폭발하는 거대한 열대의 꽃. 지구의 이력처럼 붉은 소파도 그렇게 성장했다. 캐나다 숲에서 방금 사냥한 흑곰과 사냥꾼이 붉은 소파에 앉았다. 죽음의 순간 흑곰의 눈 뒤에는 어렴풋한 빛이 있었고, 그 너머의 세계는 알 수 없었다. 바다가 지금보다 낮았던 시절, 살아 있는 모든 것을 먹을 수 있었던 진짜 사냥꾼 호모 에렉투스처럼! 살아도 자라지 않았다.

모든 것은 음악처럼 통하지 않았다.

타로 카드 점을 치는 고양이 인간은 붉은 소파의 특별한
연애와 운명을 예지했다. 상어 고기만 먹으며 100킬로미터
빙하 판을 횡단하는 아이슬란드 탐험가와 사랑에 빠졌고,
인생에서 호기심을 가장 중요하게 생각한다는 주문진의 피
곤한 어부를 위해 붉은 마음을 내주었다. 잠을 쫓기 위해
카페인 껌을 씹는 쿠르드족 어린 군인들의 신경질을 받아
주었으며 그것으로 족했다. 그들을 통해 붉은 소파는 최선
을 다해 에너지를 소비하고 성장하며 진화해 갔다.

멀리 간 모든 이들을 가로막는 막막한 바다
빠른 물살 한 줄기 그 바다 너머로
어두운 영혼들을 묵묵히 실어 나르는
저 공격성 없는 부드러운 몸뚱이

독립영양인간 1

먹지 않고 살 수 있다면
무엇엔가 걸맞은 행동을 하기 위해
백화점에서 최신 셔츠에 임금을 지불하지 않고
머리를 빗어 넘기지 않아도 좋으리라
먹고살기 위해 뼈 빠지는 일은 유머가 될 것이며
흐느적거리는 새로운 인간들 때문에
분류학자는 할 일이 생길 것이다

붉나무 아래
도마뱀 한 마리
앞다리가 뒷다리를 따를 수 없고
몸통이 머리를 가눌 수 없는
눈이 삼백육십 도 돌아가는 대관람차 안구
폐로 흡수한 수분으로 영양분을 직접 얻는
독립영양인간

혀는 퇴화해
인생을 말로 때우지 않아도 될 것이며
죽을똥 살았다는 뻔한 성공기는 농담이 될 것이다

해변에서 밀려난 산호처럼 말라 가
대지에 뿌리를 두지 않는
꼬리겨우살이
몰락한 공산당 기관지가 지어낸
허풍인지는 몰라도
언젠가 나는 폐로 빗물을 흡수해
에너지로 바꾸는
독립영양인간으로 진화할 것이다
부작용은 맹독성 오존에 의한 면역결핍
어느 시대나 부작용은 있었으니까!

독립영양인간 2

사향노루를 만나러 시월의 숲에 갔어요 낙엽처럼 숭고하게 버석거리는 오솔길을 걸었죠 이 버거운 육체를 증발시킬 것만 같은 건조한 대기가 산비둘기를 흡반처럼 빨아들였어요 잿빛 새는 몸을 털고 어디론가 사라졌죠 깃털처럼 가볍고 싶어요 맨드라미가 살덩이처럼 무리 지어 엉겨 있지만요

폐허가 된 아프가니스탄에서는 아편을 먹여 아기를 재워요 아편에 중독된 아기는 보채지 않고 배고파하지도 않죠 아무도 비대한 몸을 반기지 않아요 뚱보들을 위해 다이어트 콜라가 나왔지만 말라깽이들의 주식이 되었어요 들쥐 연인을 위한 여인숙에는 작고 가녀린 몸들이 부딪치다 뜨거운 눈물을 흘리며 잠이 들죠

유기물을 먹지 않고 살아가는 독립영양인간이라든가 물 없는 나무 속에서 몇 달이나 살아남은 맹그리브 킬리피시, 이 년 넘게 누워서 똥을 싸면서도 기죽지 않고 똥쳐! 를 외쳐 대는 할아버지의 이기적인 똥꼬를 생각합니다 비굴함만 남은 구멍들이 뻘조개처럼 검댕을 쏟아 내자 그 헐거워진

생이 부끄러움도 없이 목청만 세우다 버석거렸죠 삭정이처럼 지친 그림자가 몸을 빠져 나가 저 혼자 먼저 타 버리겠지만요

오리나무 목패를 그물에 꿰어 바다에 던지면 물고기가 몰려 만선이 되지요 인생의 터울에도 오리마다 오리나무를 심어 돌아볼 수 있다면 산송장으로 누워 외로운 죽음을 기다리지 않아도 될까요 데본기의 원시 물고기가 시간을 거슬러 그의 목패 같은 몸으로 달려듭니다 참혹한 식욕의 감옥에 갇힌 격랑의 바다 그 큰 아가리가 헐거워져 입도 다물지 못한 채!

미나리아재비과 인간

미친 벚꽃이 철 모르게 피어 있는 날
다방 언니가 집으로 커피를 배달해 주면 좋겠어
물려받을 유산이 없어
컨테이너로 이동하는 삶은 얼마나 가벼운가
닭장 같은 아파트 한 칸 물려주고
평생 허리가 휘도록 노동을 강요하며
갖은 생색 다 내는 미나리아재비과 인간
무시하고 신나는 음악이나 듣자
미나리아재비과 풀처럼 가볍게
설탕을 휘저으며

알아야 하는 것들을 알 뿐이고
그 밖의 것들은 생각하기 싫어
이렇게 생각하면 마음이 편해진다
공항 의자
낮잠
의자와 인연이 없는 조개나물

독성이 있으므로 뿌리는 제거하는 것이 좋다

마음은 채식주의자
외벽은 노출 콘크리트
가볍게 가볍게
이리저리 흔들리면서
맨땅에 머리 박기
쑥쑥 자라 한해살이풀로 시들어 버리기

죽음과 재생의 주기에 따라
형광등에 헤딩한 풍뎅이라든가
자연 다큐멘터리에서 한 번도 조명받지 못한
미나리아재비과 인간의 공격성은
그들만의 보호색이라고 해 두자

표범약사의 비밀 약장

자물쇠를 채운 캐비닛, 감춰 둔 만다린 오렌지 빛 알약들, 태엽 장치를 풀고 표범약사는 매일 자신을 위한 처방을 내리지 피가 솟구치는 오전에 세 알, 참을 수 없이 화가 치밀어 혈관이 폭발하는 저녁에 다섯 알, 말랑말랑한 귓불, 솜털로 뒤덮인 목덜미를 물어뜯고 싶어 눈알이 튀어나오면, 팔뚝에 진정제를 투여하고 약국 바닥을 긁으며 뒹굴지 식사하러 나간 척 셔터를 내려 두고

빌딩 벽을 기어오르다 119 구조대원이 출동한 날, 술 취한 손님이 유리창을 깨부수거나 자살을 결심한 전갈자리 눈빛들, 비실대며 들어와 진통제를 요구하는 소녀들은 백이면 백 낙태 수술 환자, 단식원에서 도망친 아이돌 가수의 광기로 불타는 입술, 얼굴에 칼자국 난 젊은 전과자 살의에 번득이는 눈빛, 술병 난 샐러리맨이 토해 낸 오물을 뒤로한 채 표범약사는 약국 문을 닫고 소주를 마신 후 침대에 누워, 황홀한 장면을 불러올 비밀스런 수액을 혈관에 꽂지

누구나 자기만의 기념비적인 마취제가 필요해! 약국 문은 닫혀 있고 의사들은 들고양이 파업 중, 어이없이 죽지 마!

44

견딜 수 없다면 셔터 뒤에서 거품을 물고 누워 마음껏 울부짖어! 가슴에 투명한 진통파스를 붙이고 가쁘게 숨 쉬며 달리다 보면 어느새 건조한 대지와 도시의 직사각형 정원, 자살한 병자들의 서랍이 있는 냉동실에서 양귀비꽃이 필 거야!

산소카페

그들은 모두 북쪽의 차가운 숲을 생각하네

강남역 뉴욕제과 2층
순도 92퍼센트의 산소를 주문하고
코에 튜브를 끼운다
미국에서 직수입한 산소는
야생 커피 카페인보다 자극적이다
그곳에서 나는 보철을 낀 소녀처럼
말을 아낄 수 있다

누군가를 기다리며 시계를 보는 사람들
밀려오는 자동차들
그곳에서는 누구나 코에 산소 튜브를 낀 채
차를 마신다
수면 위로 입을 내밀고 떠오르는
미지근한 어항 속 물고기의 심정으로
중환자실 폐암 환자의 절박한 눈빛은 아니어도
그곳에서는 누구나 말을 아낄 수 있다

빵꾸 난 대기
오존 주의보
지하도에서 빠져나온 무리들이
어디론가 구름처럼 밀려가는 오후
사막 낙타들을 홀리는
오아시스의 북소리
이 카페에서 저 카페로 이동하는
도시 유목민들
신선한 이온 산소 바람 한 줄기
소파에 늘어지는 산소 취객들

루왁

수마트라에는 야생 사향고양이 배설물로 만든 커피가
있다 인간의 기술로는 도저히 만들 수 없는 루왁 잘 익
은 커피 열매를 따 먹은 사향고양이의 타액, 나무껍질 약
간, 흙먼지와 위액이 발효되어 세상에서 가장 독특하고 비
싼 배설물 커피가 완성된다 사향고양이 분비선에 코를 대
고 맡는 커피 향이라는 야릇한 상상, 우연의 위대한 발견!
커피가 석유만큼 대접받는 시대 하루 25억 잔의 커피가 소
비되는 동안 수마트라의 아이들은 일당 500원을 받고 키
가 자라지 않는다 과도한 카페인을 필요로 하는 사회 사
향이라는 말에서는 언제나 숨은 관능의 냄새가 나 수마
트라 북쪽 숲 은밀한 야생의 정기를 훔치는 기분으로 당
신의 지갑이 열리는 것은 아닐까 가식적인 분류와 금속
의 언어들이 오가는 마천루 숲, 뒷덜미에 확 끼쳐 오는 이
국 남자들의 배설물 냄새

코요테

이 인생이 속임수라고 누가 속삭였니? 멍청이들 속에서 점점 코요테가 되어 가는 기분이야 하지만 나는 지금 가질 수 없는 아름다움에 대해 생각하고 있어 자연과 인간을 넘나들며 개의 식욕과 승냥이의 눈빛으로 치욕 따위는 뱃구멍까지 핥아 먹는 코요테, 새를 쫓기 위해 죽은 척 연기하고 얼음판에서도 먹잇감을 끈질기게 쫓는 코요테를 한 마리 잡아 올라타고 싶어 숨이 턱턱 차올라도 끊어지지 않지 그것이 인생의 누아르야 황혼의 벌판에 뒤엉켜 울부짖는 코요테의 발작 미칠 것 같은 밤이면 나는 독주에 영혼을 팔고 들짐승을 노리는 코요테의 감각으로 어둠 속을 서성이지 발톱처럼 자라는 공격성 문을 부술 때마다 카르마가 등뼈에 쌓이는 소리 이 인생이 속임수라고 누가 좀 소리쳐 줘!

코스프레 여왕

아무도 소녀에게 잣죽을 만들어 주는 사람은 없다 이마를 짚으며 불덩이군 하고 말해 주는 사람도 없다 손이 닿는 곳에 생수 병도 없고 말라붙은 빵 조각도 하나 없다 없다 아무것도 아무도 없다 없다 자율 학습 시간, 교복을 뒤집어 코스프레 분장을 하고 가발을 쓰는 순간 베로니카 수녀가 들어와 슬리퍼로 아구통을 날렸다 비가 내리는 날이었다 아랫도리에서 피가 흘러 교실 바닥에 뚝뚝 떨어졌다 소녀는 책상에 넘치처럼 엎드렸다 반장이 담임을 데리러 갔다 소녀의 담임은 수녀였다 아이들이 보는 앞에서 그년의 코이프를 벗겨 찢어발기고야 말겠어! 아직도 그녀는 새벽에 깨어나 어둠 속에 앉아 짐승처럼 운다 낮잠을 자다가 놀라서 퍼덕이는 후투티의 음색으로

놀이동산, 테마 파크의 요정들 모든 게 긴박하게 돌아가고 있었다 캉캉을 추는 무희, 긴팔원숭이와 타잔 누군가 줄이 맞지 않는다며 소리를 빽 질렀다 운동회 때 담임마냥 늙은 남자가 어깨를 마구 흔들어 댔다 소녀는 온몸에 작은 스팽글이 달린 하얀 민소매 드레스를 입고 팔목까지 오는 파티 장갑을 꼈다 눈 밑에 깊은 그늘이 생기는 긴 속눈썹

을 달았고, 피라미드 모양의 무거운 가발도 썼다 가발 때문에 고개를 제대로 들 수가 없었다 사람들은 환호했다 그녀는 드레스를 가볍게 걷어차며 환호하는 사람들에게 손을 흔들고 이따금 달의 요정 세일러 문처럼 손끝에 키스를 흩뿌렸다 닭 분장을 한 여자 애들이 질투를 했지만 그뿐이었다 그녀는 엄연한 퍼레이드의 여왕, 손끝에 입을 맞춰 흩뿌리며 오르골 음악에 맞추어 우아하게 걸어 나가며

혹등고래

눈을 떴을 때, 바다의 아가미로 사라진 잠수부 이야기가 스크린 가득 펼쳐지고 짙은 코발트블루 위로 쏟아지는 폭설, 바다의 독백, 왜 하필 그랑블루의 마지막일까 남자와 여자는 처음 만나 할 말도 없이 쭈뼛대다 대충 취해 이토록 낯선 대학가 DVD방, 막막한 푸른색 속에 서로를 밀어넣은 채, 축축한 알코올 냄새, 허리에 감은 팔은 묵어의 빨판처럼 난데없고 젠장할! 뭉텅 끊어진 필름

봅슬레이 속도로 엄습하는 물살, 무지개송어 빛 오라, 사방에 물이 차오르고 심해의 비밀을 발설하듯 여자가 숨을 참으며 겨우 입을 달싹인다 넌 누구니? 분자처럼 반짝이는 발광해파리 떼, 천장에서 황급히 꼬리를 감추는 풍선뱀장어 넌 범고래에게 찢긴 채 쫓기던 혹등고래였잖아, 가장 신비롭고 아름다운 소리로 바다를 매만지는 너의 울음을 한순간도 벗어날 수 없었지 오늘은 내가 어깨를 빌려 줄게

몸속 유전자 그 오랜 기억의 유랑, 뗏목 위에서 물을 따라 흐르다가 자고 일어나 바다 한가운데서 맞는 첫 표류의 태양처럼 이토록 낯선, 푸른 스크린 아래 눈물로 가득 채

운 혹을 깔고 서로를 꼭 끌어안은 채 주거니 받거니 코를
고는 혹등고래들

디테일에 관한 짧은 대화

　찹쌀 모찌 같은 여자 애 어디 없어? 응? 모찌 몰라? 하얗고 매끈하고 뽀송하고 말랑말랑한 떡. 지난번 그 여자는? 텁텁해서 안 되겠어. 또? 자꾸 디테일이 보여서 안 땡기는데 어떡해. 소개팅 한 애도 있잖아. 간지 작살이라며? 간지? 간지는 어떻게 할 수가 없지. 근데 섭섭해. 그 누나라는 애는? 콧구멍이 짝짝이라 어떻게 할 수가 없네. 또 그놈의 콧구멍 타령? 보이는데 어떡해! 코의 곡선, 모양새 코의 자르르한 실루엣이 얼마나 중요한지 알아? 성형한 여자애들은 콧구멍이 다 짝짝이야. 어떻게 할 수가 없겠더라고. 아! 입 닥치고 작업이나 해. 넌 그런 거 안 보여? 안 보이니까 이러고 살지. 괜찮아 괜찮아 요즘 킵해 놓은 애들 좀 있거든. 쯧쯧 그 콧구멍 한번 참 좁은 문이다. 동양화는? 질내 사정 서양화는? 체외 사정 퍼포먼스는 어때? 액션페인팅 설치는? 집단 난교쯤 되지 않을까 개념 미술은 백설기? 그들은 모두 사이좋은 구녕 동서, 글쎄 어떻게 할 수가 없네

꽃잔치 스탠드빠

여관에서 멜로디언으로 건반을 연습해 다음 날 무대에
오르는 록커가 있다. 그의 나이 쉰, 그는 꽃잔치 스탠드빠
의 록커. 밤에는 지하 연습실에 모여 연주 연습을 하고 낮
에는 을지로에서 음식 배달을 한다. 가끔씩 만나는 어린
애인과 섹스 후 죽는 연습을 한다. 그의 어린 애인이 운명
하셨습니다, 라고 말한 후 담요로 얼굴까지 덮고 까르르
웃는다. 그도 어린 애인에게 운명하셨습니다, 라고 말한 후
얼굴을 덮고 쓸쓸하게 웃는다. 담배를 꺼내 물며 그가 말
한다. 세상에 늙은 록커는 없어. 록커는 나이가 들어도 청
년이지. 그게 바로 록이야. 록! 록! 록! 우리는 일명 언더로
통하는 지하 생활자. 멋지지 않아? 오빠 멋져! 어린 애인이
또다시 까르르 웃는다. 록커에게도 여전히 잔소리가 심한
늙은 엄마가 있다. 부모는 모든 사람들의 풀리지 않는 숙
제라며 그는 방바닥에 담뱃재를 털고 침을 뱉는다. 퉤! 퉤!
퉤! 그는 꽃잔치 스탠드빠의 간판급 록커. 춤을 추고 빙글
빙글 돌며 모든 경계를 허무는 쓸쓸한 중년을 위한 오브리
밴드. 세상에 B급 록커는 없다. 록에 급을 매겨서는 안 된
다. 그게 바로 록이다 록! 록! 록!

발정

　너의 입술에 내 작은 앵초 빛 입술을 포갠다 달싹인다
떨고 있군 후후 애벌레 같은 혀가 들어와 내 입속을 휘젓
는다 애호랑나비 애벌레 끈적한 타액이 입 언저리로 줄줄
흘러넘친다 뺨은 불타고 안구가 위로 쏠린다 파닥이는 하
얀 물고기, 칼, 잘린 손가락이 둥둥 떠다닌다 너의 손가락
이 나의 꽉 다문 입 안에서 끈적하게 움직인다 아득해지는
의식 천연 각성제인 페닐에틸아민이 분비되어 맥박이 빨라
지고 은사시나무 숲, 총, 고라니가 휙 지나간다 옥시토신이
분비되어 터지는 망아지의 탄식, 튀어 오르는 송어 떼, 가
랑비 소리, 다리를 타고 아교처럼 흘러내리는 끈적한 즙액
이제 그만 눕고 싶다 조금 더 천천히 달빛에 몸을 맡기고
무아가 될 때까지 사랑도 게임처럼 호모루덴스적 연애, 감
정에 쉽게 빠지면서도 늘 회의적이었던 것은 본래 감정이
휘발성이라는 생각, 감각의 비늘을 세우고 몸의 여러 채널
들을 동시에 열어 에로틱한 놀이를 즐기면 되는 걸까 나방
과 나비는 몇십 킬로미터 떨어진 곳에서도 암컷을 느낀다
후각이 퇴화된 인간이여 보라! 보고 상상하라 보는 것이
믿는 것이나 보이지 않는 것을 즐겨라 피와 눈물을 동반한
열대성 고기압 사랑 호르몬은 육체를 잠식한다

계단식 논 머리 모양을 한 소녀

Prologue

소녀는 하루에 요가를 세 시간씩 하고
아파트 옥상에서 다이빙을 한다
계단식 논 모양 머리를 바람에 휘날리며

Don't Worry Be (the) Hippie!
영어를 할 줄 모르는
소녀의 휴대폰에 스티커가 붙어 있었다
어릴 때 다이빙 연습을 하다가
옥상에서 떨어져 머리를 다친 소녀는
대기 중이던 매트리스에 거꾸로 박힌 머리를 뽑아
계단식 논 모양 헤어로 바꾸고
아파트 화단에 수영장을 파기 시작했다

소녀가 세 살 때 아버지는 자전거를 타고 가다가
트럭 문에 치여 죽었다
소녀의 아버지는 교사
학교에 가기 싫었던 그는 딴생각을 하다가

트럭 문에 퉁겨 계단식 논에 처박혀 죽었다

얼마 전 소녀가 사는 아파트에서 누군가가 자살했다
그해로 세 번째,
세 번째 여자였다
소녀는 떨어져 죽는 게 질색, 팔색이었다
소녀는 한때 잠깐 사귄 적이 있는 포클레인 기사를 불러
놀이터를 파기 시작했다
소녀도 옆에서 삽질을 했다

다이버는 섹시해
입수할 때 콘택트렌즈가 튀어나오는 것만 빼고
회전할 때 다리가 벌어져서도 안 돼
입수할때 물이 튀어서도 안 돼
공중에서 트위스트 물에 살포시 꽂혀야 해
소녀는 매일 아파트 옥상에서 다이빙을 했다
계단식 논 모양 머리를 휘날리며

Epilogue

소문을 듣고
그 도시에 자살하고 싶은 사람들이 몰려
아파트 값은 폭등했다
계단식 논 모양 머리를 휘날리며
소녀는 더 이상 다이빙을 할 수 없었다
소녀가 사라진 얼마 뒤
어느 도시에서
포클레인을 타고 온 사내와
계단식 머리가
헐값에 땅을 사들여
계단식 논 구조의
주상 복합 아파트를 짓는다는 소문이 돌았다.

The End

잘못 뒤집은 네 장의 타로 카드

아버지의 유머

집 나간 개가 열흘 만에 돌아와 다리에서 피를 콸콸 쏟는데 아버지는 개의 아가리에 양파망을 씌우고 가는 바늘로 찢어진 살가죽을 이어 붙인다 터진 자루를 꿰매듯 대충 갖다 붙이는 아버지의 습관, 나이 든 남자의 히스테리랄까 모든 일을 대수롭지 않게 여기는 삶의 관록이랄까 기름을 통째로 갖다 부어도 담백한 아버지의 유머

섹스의 이면

아프리카 콩고 열대우림에 사는 보노보 피그미침팬지라 불리는 그들은 발정기도 아닌데 목에 새끼를 두른 채 혈육과 밥 먹듯 사이좋게 성기를 섞는다 자신이 멸종할 것만 같은 두려움에서 오는 분노, 태생에 기여한 근원에 대한 복수

정치가

고물을 수거해 가는 노인이 리어카에 꽃을 꽂고 지나가는 저녁 텔레비전에서 사투리 억양으로 열창하는 대머리 대통령의 베사메 무초가 흐른다 도대체 그게 무슨 뜻이야 지식인에 물었더니 진하게 키스해 주세요란다 차기 대선 후보와 눈을 맞춰 가며 베사메 무초! 정치인들의 유머는 그야말로 처절한 자연 다큐멘터리

거울(우울)증

엉덩이를 씰룩거리다가 후다닥 종족을 공격하는 본능 영장류의 비애는 거울에 비친 모습이 자기라는 사실을 안다는 데에 있다 독방에 갇혀 거울 속 자신을 보며 외로움을 달래는 실험실 개코원숭이의 운명, 엎으나 뒤집으나 서나 앉으나 복날 사이좋게 어우러진 개고기와 깻잎 같은 것 머리에 기름칠을 해 봐도 옷을 바꿔 입어도 어차피 한 덩이 개고기와 깻잎 같은 것!

운명공동체

배가 붙은 채 태어난 샴쌍둥이 물고기
아로와나는
교미하듯 배를 마주하고 헤엄친다
한 마리는 일생을 뒤집힌 채
살아가야 하는 운명
푸른 외뿔소를 타고 바다를 건넜다는
노자의 이야기가
그들에게는 신화가 아니다
무위(無爲)의 실현이 곧 생존이다

가슴이 붙은 채
서로를 꼭 끌어안고 태어나는 쌍둥이
머리 둘에 하나의 심장
생존 가능성 희박
심장을 나눠 갖기에는
무수히 얽혀 있는 신경과 조직
이것이 그녀들의 전 생애다

일란성 쌍생아가 되려던 수정란이

분리되지 못한 채
세상에 나온 결합 쌍생아
태아 때부터
같은 혈액과 산소를 나누며
평생 같은 환경에서 살다 간 그들을
두 생명체라 할 수 있을까
살기 위해
혼선과 충돌을 자제하며
인내심으로 무장한
운명공동체가 세상에 있다

후무후무누쿠누쿠아푸아아

돼지 주둥이를 가진 물고기
돼지 소리를 내는 물고기

트럭을 차압당한 귀머거리 운전사는
은행에 독사를 다섯 마리 풀었지
그중 한 마리는 까치살무사
독을 품을 때는 돼지 소리가 나
내 할머니가 죽기 전 폐를 짜내던 소리
후무후무누쿠누쿠아푸아아
돼지도 물고기도 아닌
돼지 소리를 내는 물고기 이름이야

애인에게까지 버림받은
귀머거리 운전사는
북창동 시스템의 가정을 원했는지 몰라
불평할 필요는 없지
주식은 오르고
코끝이 시큰할 정도로 비가 내리고
그거 아니?

네 헐거워진 트렁크에 독사를 풀고
외는 주문
그런데 입만 열면
돼지 소리가 나
후무후무누쿠누쿠아푸아아

거리의 피라냐

광화문 교보문고 앞 인디오 연주자
안데스 어디에서 왔을까
새들의 교차 시간
흐느끼는 바람 소리
아주 옛날 안데스에서는
사랑하는 이가 죽으면
그 뼈를 깎아 악기를 만들었다지
안데스 산정에 올라
죽은 연인의 뼈에 입술과 손을 포개어
마지막 호흡을 불어넣고 영혼을 어루만지는 일
그 흐느낌 앞에서 춤추는 행려자
바닥에 앉아 책을 읽던
아이들이 밀려 나와 그를 에워싼다
기억하는가?
리마의 아이들

거리마다
떼로깐 봉지를 입에 달고
걸으면서 본드를 하는

순식간에 행인에게 달려들어
앙상하게 벗겨 가는 식인 물고기 떼
쓰레기장 옆 오물에서 수영하는 아이들
구시가지 하수구가 그들의 은신처
때리면서 푸는 걸 몸으로 익히고
추위와 배고픔을 잠시 잊기 위해 떼로깐을 훔친다
약을 하면 어떻게 되지?
과거를 잊게 되죠
온몸의 칼자국은?
위협적으로 보이기 위해 내가 낸 거예요
아버지의 학대를 견디지 못해 집을 나온 안또니오
연인의 뼈를 연주하고 받은 동전 몇 개가 전부
그의 꿈은 마끼네로
더 큰 범죄자가 되는 것
나를 사랑으로 기억해 줘
약에 취해 버스에 치여 죽은 소녀의
마지막 말이 악기를 울리면
신호 대기 중인 차에 우르르 달려들어 유리창을 닦는
거리의 피라냐 떼

맹수에 관한 포르노그래피

한때 내가 품었던 맹수 이야기 들려줄까 완전하고 고요
한 폭풍의 핵 언제나 혼자인 채 장엄했던 나의 암바에 대
해, 변경의 황야 투시력을 주는 눈과 악귀를 물리치는 그
의 발톱을 품고 시호테알린 산맥 너머 타이가로 들어갔지
사람이 살지 않는 깊은 숲, 눈을 뚫고 들려오는 파도와 바
람 소리 만질 수 없는 것이 가장 접착력이 강하다고 누가
말했던가 인간의 외설로 얼룩진 맹수가 아니라 진짜 호랑
이를 보고 싶었지

원형경기장에 대한 로망, 쫓고 쫓기는 맹수의 추격 신,
피에 열광하는 인간 맹수들, 호랑이는 조심스럽고 신중해
서 서두르는 법이 없어 몸을 숨기고 먹잇감을 노리다 단숨
에 사슴 목을 물어뜯지 목뼈를 부러뜨리고 숨통이 끊어지
면 백자작나무 아래서 느릿느릿 먹이를 먹지 배가 차면 피
묻은 수염과 털을 핥고 웅혼한 몸집을 뒹굴거리며 태양의
축복을 즐기지

그들은 서로를 침범하지 않아 자신의 영역을 돌며 하루
를 시작하고 평생을 혼자 이동하며 살지 한가하게 늘어져

은밀한 평화를 즐기는 것도 그의 일과, 눈 덮인 숲에 앉아 햇볕을 쬐다가 갑자기 입을 벌리고 워 플레멘! 포효가 아니라 기분 좋은 고양이과의 하품

　호랑이를 쏜 사람은 오래 살지 못해 그는 무슨 수를 써서라도 꼭 복수하지 호랑이는 마법사, 사람에게 마법을 걸어 홀리지 백발에 사팔뜨기인 산지기는 그에게 쫓긴 충격으로 한쪽 눈이 멀었어 하나의 산에 하나의 호랑이, 시베리아의 바람에 내 모든 흔적과 냄새를 지워야지 눈 덮인 숲 은근하게 스미는 햇살의 나른함을 베고 너의 배에서 쿨렁쿨렁 뒹굴고 싶어 그 절대의 아름다움에 마음을 빼앗긴 나의 외설쯤이야.

사냥

— 낙태 시술자

피의 쾌감

덫에 걸린

올무에 목이 졸린 핏덩이

사냥개

비린

악취 나는 숨결

너는 난폭하고

무정한

새벽 1시

묘지 비석 옆에서 말뚝을 박던

네가

가는 곳마다

사람들은 멱살을 잡고

물어뜯고

할퀴고

찢어발겨

피의 성찬을

복수의 칼날을 갈지

네가 걷는 자리마다 자라는

광기의 싹

도착과

경박한 위로

피의 쾌감을 아는

너는

야비한

우월한

제대로 굴러먹은

신의 사자

문명의

실수

완전한 세계에서

추방당하기 전

그들이 널

먼저

불러

더럽히고

욕보여

농간하겠지

백상아리 레퀴엠

신이 나에게 무심해졌으면 좋겠어
너는 미술관에서 새로 산 데미안 허스트의 상어가 부패해
리콜한 상태라고 말했지
네 개의 흰 벽을 가득 메운 맹금류
날개 편 박제들
자고 일어나면 동쪽 거실 벽에서
태양의 사제처럼 돌진하는 거대한 백상아리
한 마리 기르고 싶어
눈을 뜰 때
거대한 유리 수조에 방부 처리된 상어가
나를 향해 달려든다면
아침마다 죽음을 환기시키는 신성한 의식
핏빛 카펫 위로
푸딩 밴드의 발랄한 레퀴엠이 흐르고
내 배에 뿌려진 인간 최초의 페인팅을 감상하며
사람도 집도 날아다니는 새도 없는 곳으로
환각의 순례를 떠나야지
인생의 얄팍한 수가 보이지 않도록
부패한 것들을 리콜할 수 있다면

죽은 살 아래
아직 싱싱한 붉은 살덩이에서
끈적한 액체가 흘러나오기 전
죽은 자의 영혼을
봉합되기 이전의 상처를
갑자기 외계의 쓸쓸함 속으로 달아나는 밤을
되돌릴 수만 있다면
이 얼마나 매혹적인 육체의 죽음인가!

호랑이 가죽으로 만든 집

 티베트에는 108마리 야생 호랑이 가죽으로 만든 집이
있다 108개의 영혼이 엉겨 포효하는 거대한 입 사실 그런
집은 어디에나 있다 유랑 서커스단의 이어 붙인 천막에도
있고 아프리카 정글이 테마인 호텔에도 있고 호랑이 밀렵
꾼의 아내가 큰마음 먹고 한 벌 해 입은 호피 코트에도 있
고 수많은 가죽들의 비밀이 봉합된 채 맹수의 피가 들끓던
우리 집에도 있다

 우데게족은 호랑이를 암바라 부르며 신으로 숭배한다
지구상에 얼마 남지 않은 호랑이와 소수민족이 노부부처럼
야생동물을 사냥하며 같이 멸종되어 가는 것, 호랑이가 사
람을 심판하는 그들의 슬픈 신전에도 108가지 번뇌가 진
화를 거듭한다

 매머드 시대에도 호랑이가 살았다 혹독한 추위를 피해
알프스로 이동하던 매머드 그 두꺼운 목에 송곳니를 꽂
고 북미 대륙을 호령하던 한 마리 외로운 검객 검치(劍齒)
호랑이. 지금은 없는 고대의 맹수를 생각한다 외롭거나 외
롭지 않은 검객 바람을 연주하는 칼의 염력 맹수의 눈을

닮은 아버지와 빚에 쫓겨 마지막 전화를 걸어 오던 삼촌의
아득한 목소리 깊이를 알 수 없는 밤의 저수지

　아무르 호랑이로 태어난 할머니가 전생의 우리를 부른
다 호랑이 일가를 이루고 다음 생에는 냉정하게 뿌리치는
맹수의 마음으로 만나자 살다가 가장 큰 나무에 발톱을 꽂
고 서로의 죽음을 돌아보지 말자

가물치

우거진 수초 숲
탱탱하고 선연한 수만 개 가물치 알
수컷이 싸락눈 같은 정액을 뿌리고
입으로 바람을 내어 섞어 주는 밤
그 긴 호흡이 탄식처럼
물 밑을 매만진다
이런 밤 나는
처음 헤엄치는
치어를 기대하는 심정으로
검푸른 저수지를 들여다본다

그날은 어두운 저수지 둑에 홀로
누워 있고 싶은 날이었다
그 둑을 걸어
할머니의 비밀스런 고사리 군락지에 다다르기까지
구름을 게워 내는 노을
쏟아지는 졸음
나와 분리된 할머니의 시간이
스멀스멀 밀려온다

평생 아끼다 장롱에서 핀 원추리 색 치마
그녀의 초경 냄새
등 뒤에서 만지던 갈색 젖꼭지의 까슬한 감촉

그녀가 건져 올린 가물치가
양동이에서 꿈틀거리던 밤
검은 머리가 불쑥 튀어나와
아가리를 쩍 벌린다

진흙 바닥에서 썩어 가던 시체를 뜯던
육식성 이빨을 드러내고
가물치는
물 밑을 떠도는 귀신들의 내력을
달빛 아래
구불구불 써 내려간다

알을 주고 떠난 여자의 죽음

포클레인이 아침부터 시끄럽게 산을 오르던
무더운 여름날
날개 없는 머리는 이글거리며 운다
그녀를 여름 상수리나무 숲에 묻었다
곡을 하고 돌아서
사이다를 마시고
수박을 먹었다

그사이 태풍이 세 차례 지나갔고
무덤에서 수박이 자랐다
나는 해골만 한 수박을 쪼개 먹었다
죽기 이틀 전까지 그녀는 제 살처럼 수박을 먹었다
혀를 뽑아 버리고 싶다고도 했다

사람들이 우는 동안 그의 남자는
상여꾼들에게 줬던 운동화를 챙겼다
젊은 남자들은 울면서 산을 오르는
앞사람의 치맛자락을 밟아 대며
10억 만들기 펀드에 관해 떠들었다

늙은 여자들은 기독교식 장례를 욕하면서
돼지처럼 먹어 댔다
이웃 나라에 지진이 세 번 났고
사람들이 열차에 갇혔다

알이 자라기 시작했다
홍수에 쓸려 온 구렁이를 잡아
나를 먹이던
그녀의 영혼이
다만 가만히
알을 낳고 떠난 그날

민달팽이

그의 파리한 턱 선을
민둥산처럼 밀어 버린 머리를
이미 초라해진 거웃을
혼자 밥덩이를 밀어 넣던
해 질 녘의 공포를
찐득하게
비웃듯이 미끄러져 가는 건
민달팽이의 운명이다

기저귀만 찬 채
미끈거리며
방 안을 기어 다니던 남자
누워서 밥을 먹고
먹는 도중 싸면서도 시치미를 떼던
그도 한때
엉겨 붙고
찌르기 좋아하던
돌가시나무과 인간이었으나
세월 앞에 흐물해져

알몸으로 초조히
죽음을 기다린다

아무도 대신할 수 없는 시간이
문 앞까지 다가온다
죽음에게 먹히지 않으려고
온 힘을 다해 숨을 헐떡이지만
공포에 질린 구멍들이 일제히 열린다
돌덩이 같던 귀두가
온전했던 마음이
그의 몸을 이탈할 준비를 한다

보라,
유기적 대사에 지친
한 지난한 육체의 염기(鹽基)를

이방인 女子

—— 라오, 일리나, 림성혜

라오, 말라깽이 싸리비 종아리의 시어머니가 욕을 해
댔다 너같이 재수 없는 년은 처음이야 자꾸 울면 쫓아내
서 겨울에 혼자 아기 낳게 할 거야 마을 회관에서 누구
라도 라오에게 고향에 다녀오라고 바람 넣는 년은 내가
대가빠리를 뽀사 놓겠어 늙은 마마보이 곰보 신랑과 깡
마른 몸에 바가지 엎어 놓은 듯 배만 볼록한 열아홉
꽃다운 라오, 구절초 구구절절 무리 지어 피어나도 샐비어
샐쭉하게 단내를 풍겨도 라오는 구름에게 혼잣말을
하며 운다 메콩 강 물이 불어 마을을 삼켜도 재스민은 흐
드러지게 피네 피어나네

베니스에서 죽다, 왜 그 영화가 생각났지? 일리나, 우크
라이나에서 온 여자 언제나 피곤에 쩔어 짜증스런 표정으
로 혼자 저녁을 먹고 비좁은 잠을 자던 여인, 10시가 되어
야 어둠이 내리는 황홀한 물의 도시, 바다에서 피어오르는
오렌지 빛 안개 골목에는 취한 사람들의 웃음소리, 늦은
밤 미로의 골목을 무작정 걸었다 그 길 끝에 하염없이 바
다를 바라보며 서 있던 한 여인 누가 다가가도 모른 채 허
공에 연기를 뿜어 대며, 낮에는 가정부 밤에는 민박집 허

드렛일로 장기 투숙하는 베니스의 일리나 아무도 그녀에게
말을 걸어오거나 이름을 물어 오지 않았다

림성혜, 간호사인 아기 엄마가 결벽증이라 쓸고 닦고 아
기 보느라 뼛골이 다 시리다 점심도 거르기 다반사, 볼일
보는데 아기가 깨어 빽빽 우는 바람에 아기를 안고 다시
변기에 앉는다 새벽 비행기에서 웅크린 채 자다가 깨어 부
유하는 몸이 내 몸이 아닌 듯 두렵고 가벼워져 창을 깨고
가만히 새가 되고 싶은 적이 있었던가 림성혜는 세탁기 문
을 열고 아기를 넣은 채 변기 물을 내린다 무엇에 홀린 듯
아무 이유 없이, 몸이 아파 일찍 귀가한 아기 엄마가 기겁
해 경찰을 불렀다 당장 손이 모자라 아기를 놓칠까 봐 가
장 안전해 보이는 곳이 세탁기였다고 설명해도 아무도 믿
어 주지 않겠지 '조선족 베이비시터 아기를 세탁기에 넣고
유기하다' 영아 살인미수범으로 9시 뉴스에 출연한 유명
인사 림성혜.

표범약사의 이중생활

낮에는 약국에서 조신하게 약을 팔고
밤이면 날카로운 발톱을 찍어 나무에 기어오르지
가로수 꼭대기 은신처에서 사냥을 준비한다
살의로 번뜩이는 눈
흰 가운을 벗어 던지고
윤기 나는 털을 정성스레 고른 후
등뼈를 이완시켜 굳어 있던 근육을 푼다

안개 낀 여름밤
아파트 배관을 타고
창이 열린 베란다로 스르르 들어간다
거실을 지나
아이가 잠들어 있는 방으로
겹겹의 어둠 속에서
기습적으로
소리 없이 다가가는 위험

그의 고향은
갠지스 강의 두 원류가 만나는 곳

이끼와 공작고사리로 뒤덮인 사원
순례자 여인을 표적으로
어미에게 첫 사냥을 배웠다
밤새 기도하던 사람들은
다음 날 여자가 사라진 것을 알았다

표범약사는
가로수 가지에 시체를 걸쳐 두고
머리부터 살점을 깨끗이 발라 먹기 시작했다

겨우 겨우 피의 위안으로
문명을 견뎌 내는 표범약사

루니의 의료 관광

수술대에 누워 배를 가르고
아기를 꺼내는 동안
맹견
바르셀로나 동물원의 하얀 고릴라
맨체스터 유나이티드 야수
루니가 생각났어
메스가 스케이트 날처럼 뱃가죽을 지치고
북쪽의 차가운 숲이 범람하듯
수술방에 피 냄새가 차올랐지
살을 찢는 고통 너머
물속에서 아기가 출렁인다
척추에 무통 주사 바늘이 꽂히자
저릿하게 파닥이는 미몽 속에서
아! 까맣게 질린 아기가 꺼내졌지
마취과 의사는 재빨리 재워 버렸지만
사실 나는 깨어 있었거든

복제 개가 만들어지는 동안
나는 배가 불러 왔고

독침에 쏘인 후 감각을 잃었을 때
살을 찢어 피를 마시는 낙타거미의 주문
이런 찌릿한 환각으로는
어디든 갈 수 있지
인간 장기 농장이라 불리는
바세코 슬럼가
배에서 갈비뼈까지 사선의 수술 자국 사내들이
푸른 이빨로 시시덕거리는 컨테이너 안
거기에도 루니가 있었어
월드컵 기간에 한국에 팔린 콩팥은
척추를 다친 아들을 살렸고
곱사등이 아들을 낳는 심정으로 루니는 배를 갈랐지

한 번도 비행기를 타 보지 못한 루니의 콩팥이
비행기를 타고 태평양을 건넌다
기내식을 맛보지 못하고
누이 같은 승무원의 상냥한 억양도 들을 수 없지만
비릿하고 축축한 냉기 속에서
루니의 콩팥은

팔딱거리던 피의 관성을 벗어나
구름의 구도에 경계 없는 일탈감을 맛보았다

살을 찢고 밀봉한 자리
딱딱하게 돋아나는
금속의 시린 물뱀 자국

울부짖지 못하는 육식동물을 위한 포효교본

더위에 지친 가로수 잎들이
바람도 없는 거리에서
커다란 나방처럼 생기 없이 나뭇가지에 매달려 있군
게으르고 살찐 비둘기에게
표범약사가 다이어트 약을 리드미컬하게 뿌려 대고 있어
웃기고 있네
피곤해?

나도 피곤해
불우한 사람들이 초록에 발작하는 5월
날카로운 이빨로 명랑하게 무엇이든 찢어발기고 싶어
어린 닭의 날고기를 먹어 볼까
물오른 나뭇가지의 속살을 씹어 볼까
도시에서 육식동물로 살아가는 건 피곤해
남의 살을 뜯기도
지친 발가락을 핥기도 피곤해
울부짖으며 뛰쳐나가
독소가 빠져 몸이 가벼워질 때까지

일단 시원하게 울부짖을 마음의 준비를 한다
눈인지 숯검댕인지 구분이 가지 않게
아이라이너를 진하게 그리고
거울을 보며 처참한 표정 연습을 한다
드라마를 참조하거나
인터넷에서 제대로 울부짖는 사진을 구해 표정을 암기한다
두 손을 뺨에 대고 뭉크의 절규를 흉내 내도 좋다
손수건을 준비할 필요 없이 샤워기를 튼다
스피커 볼륨을 한껏 높인다
최대한 처참한 얼굴로
자기 연민에 빠져 허우적거리다
요가의 사자 자세를 연상하며
가식을 버리고 폭발하듯 운다

되도록 사람이 없는 시간에 혼자 하고
나올 때는 시치미
공들여 다시 메이크업을 하고
고양이인간에게 전화해
크게 한 번만 안아 달라고 조른다

자기 연민에 빠진 가엾은 목소리로
가르릉 어흥!

눈 내리는 밤의 분장술

인생은 반짝 가수 같은 거라
엄마는 화장을 하지 않아
주름을 가리지도 않지
꽃사과 같은 얼굴을
조금씩 뜯어 먹으며 내가 자랐네

옆집 과부 할머니는
세수만 하면 화장을 해야 하는 줄 알아
밤에 세수를 하고
컴컴한 방에 혼자 앉아 화장을 하지
봐 줄 사람도 없는데
텔레비전 불빛 아래서
쓸쓸히 얼굴에 회칠을 하지
과연 그럴까

어느 폭설의 새벽
나는 보았네
당뇨에 한쪽 눈이 먼 과부가
달의 육즙을 마시고

눈 녹인 물로 음부를 씻은 후
발자국을 지우며
홀아비 집 녹슨 대문에 들어서는 것을

어차피 화장은 얼굴을 가리는 것
진짜 얼굴을 감추는 것
눈 내리는 밤
백여우로 변하는
눈먼 과부의 분장술

철 지난 거웃 같은 눈잣나무 위로
굴뚝새 한 마리 날아든다

젤렘 젤렘

나는 여행했네
아주 먼 길을 여행했다네
행복한 집시도 만났다네 집시여
그대는 어디에서 왔는가
텐트를 운명의 길 위에 쳐 놓은 채 집시여*

나의 언어는
기형 나비의 주술
새털보다 가벼운
구름의 유전자
국가나 민족을 가진 적 없는
더러운 모포를 뒤집어쓴
길 위의 부랑자
비루하고 핍박받는 생이지만
억지스런 관계는 질색이야
나선형 계단이거나
오리나무 언덕
거리의 아이들은 자판기를 부수며 놀고
늙은 짐승들은 할인 마트에서 길을 잃는다

국경을 넘어 흐르고 흘러
도무지 어쩌지 못하는
유랑의 병
손톱 밑은 시꺼멓고
아코디언 선율은 노쇠해도
집을 사기 위해 전 생애를 바치지 않지
나는 길 위의 순례자
롬이라 불러 줘

가난을 베개 삼아
체념을 길 위에 맡기고 잠이 들지
바퀴벌레보다 오래
지구상에 살아남아
우리는 젤렘 젤렘!

* 자르코 조바노비치(Jarko Jovanovic)가 작사한 집시들의 송가. 젤렘 젤
렘(Djelem Djelem)의 가사 중 일부분.

말의 기원

아치형 플라타너스 길 끝
원당 종마장
여물 씹는 말의 눈을 들여다본다
바람을 힘차게 마시고
축축한 안개를 뿜어 올린다
움찔거리는 대퇴부의 미세한 떨림

에오히푸스
말의 조상
신이 말을 만들고
인간은 개량했다
속도에 미친 세상과
경마장의 광기
거세된 초식동물의 울분을 차올리며
가장 불확실한 도박
생의 불안과 공포로부터 도망치기 위해
달리는 것은 아닐까

그가 씹은 것은 어쩌면

사슴의 어깨뼈나 거북의 등딱지
그것도 아니면 백태 낀 누런 자신의 혀
고통에 젖은 혀를 게워 내는 말은
시간의 장벽을 뚫고
경주마의 운명을 다진다
가오리 등뼈로 만든 단검과 밧줄로
매일 자신을 처형하며
뒤돌아보지 않으며
재갈을 문 채

검독수리에게

흑호(黑虎)의 찰진 가죽으로
위장하고 싶은 날
검은담비 같은 어둠
수리부엉이 발톱이 심장을 관통한
숨 끊는 족제비 울음소리
달은 뭉근한 육즙을 뿜어내는데
사향쥐로 썰은 나의 목덜미에
가장 날카로운 발톱을 꽂아 주렴

검독수리
나는 너를 검의 신이라 부른다
너의 부리에 입 맞추고
너의 발톱에 영혼을 바칠 것이다
사슴의 뿔을 쓰고 북을 둥둥 울리는
흑수말갈의 샤먼처럼
오늘 밤 나의 주술은
가장 부질없는 바람

검독수리

너의 사원은

구름과 닿을 수 없는 산비탈의 흰 꽃

호랑이가 바다를 보는 벼랑 끝

야광나무 아래

미치광이풀

툰드라에 핀 돌매화

가장 추운 비탈에 핀 구름범의귀

검독수리

너는 구름

호랑이

그 모든 것들의 눈

칼을 품고

지상의 먹잇감을 노리며

결코 닿지 않는

추방된 밀정(密偵)

까마귀밥여름나무

말나리처럼
은밀하게 붉어진
이 여름이 다 가기 전에
그 미친 열매를 떨구지 마
너는 까마귀밥여름나무
사막 속 호숫가 사원
어린 수도승의 눈빛을 훔친
능욕의 붉은 열매
나의 관능은 덩굴성으로
비단구렁이를 몸에 감은 아즈텍의 여신
너를 타고 휘감아
숨조차 쉴 수 없게 조일 거야
어르고
휘몰아쳐
농밀한 표류의 끝
태양 폭풍의 심연을 향해
몸을 날리다
툭
피 흘리는

나이아가라

　살갗을 파고드는 햇살 국경 너머 젖은 거삼나무 비릿한
이끼 냄새 굉음으로 먹먹한 이 거대한 물의 장막 앞에서
나의 두 번째 인생을 시작할 수 없을까? 악마의 목구멍에
추락하기 위해 밀려드는 이 황홀한 물의 심판대에서 조난
영화의 생존자처럼 두 번째 인생을 시작할 수 없을까? 그
늘진 계단에 앉아 끝없이 이야기를 풀어내던 밤 폭포처럼
계단이 흘러내려 우리를 멀리 쓸어 버릴 것만 같았지 이봐
우리는 각자 먼 길을 돌아 이토록 흐느끼는 신의 음부에
마침내 도달했어 북쪽으로의 여행, 자살한 병사의 익사체,
그물을 벗어나는 물고기, 우물 파는 자와 정탐꾼, 한밤의
홍수, 천둥소리, 촉수를 세운 물의 사전이 온몸을 세차게
훑고 지나간다 몇 시간 뒤의 날씨를 점치는 구름과 물보라
의 미세한 떨림 위로 터지는 아찔한 신의 오르가슴, 여기
서 나의 두 번째 인생을 시작할 수 있을까!

어쩐지 록 스피릿 !
── 당신의 '두 번째 인생'을 위한 포효 교본

신형철

……말하자면 우리에게는 너무 많은 발라드가 있다는 겁니다. 발라드는 이제 충분하다는 얘깁니다. 발라드는 본래 가볍고 통속적인 가곡을 뜻하는 말이었습니다. 오늘날에는 센티멘털한 러브송을 지칭하는 말로 널리 사용되고 있지요. 한국의 대중음악이 발라드와 댄스로 양분되는 것은 희극적인 사태입니다. 문학의 경우는 어떻습니까. 문학으로서의 발라드는 본래 교회와 궁정의 문학과는 구별되는 로맨틱한 이야기 시였습니다. 민중이 지어 부른 정형의 소서사시 일반을 발라드라 불러 왔지요. 오늘날 많은 시들은 이 발라드의 범주 안에 있습니다. 발라드가 나쁘다는 얘기는 아닙니다. 발라드가 '지배'하는 사태가 따분하다는 것입니다. 물론 1년에 수천 곡씩 쏟아지는 발라드의 멜로디가 모두 다른 것처럼, 1년

에 수백 편씩 쓰이는 발라드도 그 내용은 모두 다를 겁니다. 그런데 문제는 멜로디/내용이 아니라 사운드/발성법입니다. 발라드 음악의 사운드가 거기서 거기듯, 발라드 시의 발성법도 너무 비슷하지 않은가 하는 것입니다.

음악의 경우는 말입니다, 도입부 몇 소절만 들어도 결판이 날 때가 있습니다. 사운드 메이킹이 관습적이라고 판단될 경우 그 순간 스킵인 것입니다. 깜짝 놀랄 만한 멜로디가 이어질지도 모르겠습니다만 아시다시피 우리는 인내심이 부족합니다. 물론 시를 이런 식으로 읽어서는 곤란합니다. 그런데, 알긴 아는데, 그러고 마는 때가 있습니다. 정말이지 시는 너무 많고 시간은 너무 없으니까요. 시는, 2차적으로 철학이 될 수 있고 3차적으로 종교가 될 수도 있겠지만, 1차적으로는 언어의 음악이라고 생각합니다. 시에도 사운드가 있다는 것입니다. 몇 줄 읽어 보면 느낌이 올 때가 있습니다. 아, 이건 진부한 사운드다. 이런 발성으로 노래하실 거라면 어떤 내용이건 듣고 싶지 않은데요, 이런 식이 되어 버리고 맙니다. 음악의 역사가 사운드 혁신의 역사라면, 시의 역사도 어떤 의미에서는 발성법 혁신의 역사일지도 모릅니다. 이런 관점을 형식주의적 혹은 탈정치적이라고 비난할 수는 없습니다. 한국 시사를 돌이켜 볼 때 (……)

—「시의 사운드를 어떻게 어레인지할 것인가」에서

시와 음악: 탕진과 이탈

문혜진의 첫 번째 시집에 피처링(featuring) 격으로 참여한 뮤지션들의 이름을 나열해 보면 이렇다. 먼저 스매싱 펌킨스. "우리는 빗속을 뚫고/ 턱이 높은 말에 나란히 걸터앉아/ 서울을 떠났다/ 빗속에서 스매싱 펌킨스를 들으며/ 탄력 있는 암말의 엉덩이를 걷어차며/ 어둠 속으로 말발굽 소리 또각이며/ 뒤돌아보지 않으며"(「여름비」) 다음은 제니스 조플린. "이 여름 낡은 책들과 연애하느니/ 불량한 남자와 바다로 놀러 가겠어/ 잠자리 선글라스를 끼고/ 낡은 오토바이의/ 바퀴를 갈아 끼우고/ 제니스 조플린의 머리카락 같은/ 구름의 일요일을 베고/ 그의 검고 단단한 등에/ 얼굴을 묻을 거야"(「질 나쁜 연애」) U2의 보노가 빠질 수 없다. "이런 날 보노의 목소리는/ 너를 떠올리기에 충분해/ (……)/ 그 목소리를 들으면 네가 생각나/ 목에 그어진 3센티미터의 흉터/ 기도가 찢기고/ 하얀 약은 아마 네 속의 나쁜 생각들을/ 모두 죽이려 했을 거야"(「3센티미터의 우울」) 너바나의 「rape me」에서도 한 대목. "오늘이 내 생일이면 좋겠어./ 내 생일이야 내 생일…… 중얼거리다가/ rape me! rape me……!/ 나를 강간해 줘 친구야!"(「체셔 고양이도 눈물을 흘릴까?」)

스타일은 제각각이지만 하나같이 쟁쟁한 록 뮤지션들이다. 이 이름들과 더불어 그녀는 왔다. 첫 번째 시집 『질 나쁜 연애』(민음사, 2004)에는 다른 많은 좋은 시들이 있지만, 우리에게는 앞에서 인용한 시들이 각별히 인상적이었다. 여기에서 뭔가 새로운 발성법이 싹트고 있다는 느낌을 받았기 때문이다. 그녀가 제니스 조플린의 이름에 붙인 주석. "27살에 요절한 여성 록가수. 그녀는 날것의 음성으로 노래하는 최초의 여성 록커였다."(「질 나쁜 연애」) 이 문장은 어쩐지 시인 자신의 욕망을 드러내기 위해 거기 있는 것만 같았다. 정말이지 그녀는 "날것의 음성으로 노래하는" 시인이었다. 그런 시인이 그녀 이전에 없었다고 할 수는 없다. 최승자의 하드한 날것이 있었고 황인숙의 소프트한 날것도 있었다. 그러나 '록'이라고 하면 이야기는 달라진다. 우리는 문혜진의 첫 시집을 읽으면서 이 시인이 한국 시사 최초의 여성 로커가 될 수 있지 않을까 하는 기대를 품었다. 그녀는 록을 말할 때, 아니 록으로 말할 때 가장 그녀다운 세계에 도달하는 것처럼 보였다. 그녀에게 록은 무엇인가.

전인권은 왜 행진에서 한 발짝 더 나가지 못했을까?
그러면 탕진이 됐을 텐데.
(……)
그래, 피 한 방울 남기지 않고 모두 써버리겠어.
아무것도 아끼지 않겠어.
우리 동네 미대사관 앞 전경 아저씨들도 탕진!

우리 삼촌을 닮은 과일가게 총각도 탕진!

붕어빵 파는 뚱뚱한 아줌마도 탕진!

피스!로 인사를 대신하던 시대는 갔어.

아무리 외쳐도 평화 따윈 오지 않잖아?

탕진!

—「탕진」,『질 나쁜 연애』에서

  이 싱그러운 시에서 그녀는 록을 '탕진'의 형식이라 규
정한다. 꽤 그럴듯한 규정이 아닌가. 피스(peace)를 외치며
인사를 대신하는 것이 '행진'의 상상력이라면, 예컨대 "인
도에서 옆구리를 스치고 달아나는 오토바이를/ 쓰러뜨리
고 싶어요/ 버스에서 발을 내리기도 전에/ 빽빽거리며 문
을 닫는 기사의 목을 따고 싶어/ 인파가 밀려드는 지하도
에서/ 마네킹처럼 서 있는 전경의 방패를 걷어차고/ 구걸
하는 거지의 동전 통을 빼앗아 달아날 거예요"(「심리 치
료」)라고 말하는 식의 태도가 '탕진'의 상상력쯤 될 것이다.
너무 얌전한가? 그래도 반가웠다. 한 번도 아비에게 대들
어 본 적 없는 따분하고 순종적인 세대인 것이다. 우리 세
대에서 이 정도의 발성이 나올 수 있다는 것만으로도 반
가웠던 것이다. 그래서 그녀가 "아무리 지껄여도/ 당신은
당신/ 나는 나!"(「쓰레기와 야생의 책」)라고 말하면, 이것
은 적어도 '에미넴(Eminem)의 뻑큐'(「문신」)보다는 더 진
정성 있는 뭔가가 될 것처럼 보였다. 그래서 우리는 그녀

가 "나는 모두의 엄마/ 세상의 수유원/ 젖기계가 될 거야"
(「젖기계를 상상하다」)와 같은 문장을 쓰기보다는 진짜
록을 해 주기를 기대했던 것이다. 그랬던 터라 두 번째 시
집 초반부에 등장하는 다음 시들이 우리에게는 조금 데
면데면하였다.

　　해풍에 단단해진 살덩이

　　두엄 속에서 곰삭은 홍어의 살점을 씹는 순간

　　입 안 가득 퍼지는

　　젊은 과부의 아찔한 음부 냄새

　　코는 곤두서고

　　아랫도리가 아릿하다

　　　　　　　　　　　　　　　　　　—「홍어」에서

　　나는 꽃피우는 기계

　　이성이 마비된 울창한 책

　　한 번도 읽지 못한

　　아무도 펼치지 못한 무한한 페이지

　　인류 문명의 근원보다 위대한

　　생명의 발상지

　　육덕한 젖줄기가

　　골짜기를 타고 대지에 흘러넘친다

　　　　　　　　　　　　　　　　—「야생의 책」에서

앞의 시는 과부의 음부와 곰삭은 홍어를 아날로지로 이으면서 쾌락의 절정에서 죽음의 냄새를 맡는 감각을 보여 준다. 예리한 감각이고 설득력 있는 통찰이다. 뒤의 시는 수유(授乳)하는 자신의 몸에서 출발하여 "인류 문명의 근원"에까지 거슬러 올라간다. 「젖기계를 상상하다」에서의 상상이 여기서 실현되고 있는 셈이다. "우주의 반복" 혹은 "세상의 경전" 운운도 과장으로 보이지 않는다. 아마도 앞의 시에는 친인척의 죽음이라는 사건이, 뒤의 시에는 출산 및 육아 경험이 반영되어 있을 것이었다. 이 시들은 분명 잘 쓰인 시들이다. 취향에 따라서는 이런 유형의 시들을 더 높이 평가하는 독자도 있을 수 있겠다. 그러나 우리는 이 시의 발상 혹은 발성이 문혜진답지 않다고 생각한다. 여성성을 표 나게 드러낼 때 록의 사운드는 흔들린다. '정주'의 이미지들과 록은 어울리지 않는다. 록은, 성별을 포함한 모든 구획들을 돌파하는 정신이 '유목'의 이미지들과 결합할 때에만, 록이다. 그녀의 시가 가장 매력적인 것이 되는 때는 그렇게 록 스피릿과 록 발성이 결합되어 작동하는 때다.

　그래서 우리는 그녀가 「북극흰올빼미」에서 "눈보라 속에서 발끝을 세우고 춤추는 나는/ **이탈**한 자의 폭포/ 정지 비행하는 매/ 재가 섞인 빙산의 에테르/ 새벽 3시/ 낙뢰에 영혼이 **이탈**한 흰올빼미"(이 글 전체에서 고딕체 강조는 인용자의 것이다.)라고 쓸 때, 이 발성이 기분 좋게 심

상치 않아서 반가웠다. 그녀는 '이탈'이라는 단어를 두 번이나 썼다. 첫 번째 시집에서 그녀의 록이 '탕진'의 형식으로 규정될 수 있다면 이번 시집에서 그것은 '이탈'의 형식일 수 있겠다 싶다. 탕진보다 이탈이 더 강력하다. 후자에만 '두 번째 삶'이 주어지기 때문이다. 그런 맥락에서 보면 「검은 표범 여인」이 서시로 배치된 것은 꽤 그럴듯해 보인다. 이 시는 마치 첫 번째 시집에서 두 번째 시집으로의 이행, 즉 탕진에서 이탈로의 이행을 말하는 시처럼 보이기도 하는 것이다. 전반부에서 그녀는 낯선 여행지에서 "표범 문신을 한 소년"과 어울리고 싶다는 욕망을 말한다. 그들은 공모(共謀)하기를 좋아하고, 무례함을 즐기며, 어떻게 하면 인생을 망칠 수 있을까 골몰하면서 "야생의 경전"을 돌려 본다. 이것은 전형적인 '탕진'의 욕망이고 "질 나쁜 연애"의 세계다. 그러나 후반부에서 이 시는 체위를 바꾼다.

그러나 지금은 이산의 계절 우리는 춥고 쉬 지치며 더, 더, 더, 젊음을 질투하지 하지만 네가 잠든 사이 나는 허물을 벗고 스모키 화장을 지우고 발톱을 세워 가터벨트를 푼다 세상에서 가장 높은 하이힐을 벗어 던지고 사로잡힌 자의 눈빛으로 검은 표범의 거처에 스며들 거야 단단한 근육을 덮은 윤기 흐르는 검은 벨벳, 흑단의 전율이 폭발할 때까지 이제 동굴보다 깊은 잠을 자야지 **도마뱀자리 운명, 진짜 내 목소리를**

들려줄까?

소년이 잠든 사이 여인은 또 다른 이탈을 꿈꾼다. 그녀
는 그 자신 한 마리 표범이 되어 표범의 거처로 스며든다.
전반부와 후반부의 차이는 이를테면 표범 문신을 한 소년
과 진짜 표범의 차이다. 그 표범 여인은 스스로를 "도마뱀
자리 운명"이라 지칭한다. 밝은 빛을 뿜어내지 않아 눈에
잘 띄지도 않는 도마뱀자리(the lizard)는 그러나 강력한 에
너지를 감추고 있는 별자리다. "흑단의 전율이 폭발할 때"
를 기다리며 "동굴보다 깊은 잠"을 자는 여인이라면 과연
도마뱀자리와 어울리기도 할 것이다. 그리고 이 '운명'은 두
번째 시집 전체의 운명이기도 할 것이다. 폭발을 예비하고
있는 존재의 이탈. 이것은 '질 나쁜 소녀'의 풋풋한 목소리
보다 더 음험하고 더 집요해 보이는 '표범-여인'의 욕망이다.
이 표범 여인은 두 번째 시집의 페르소나라고 할 법하다. '동
물-인간'의 형식으로만 존재하는, 하이픈으로 연결할 수밖
에 없는 경계선의 존재들이 두 번째 시집 곳곳에서 "사로
잡힌 자의 눈빛"을 하고는 어슬렁거리고 있다. "진짜 내 목
소리를 들려줄까?" 두 번째 시집의 문을 열면서 그녀는 매
력적인 사운드로 유혹한다.

시와 동물: 문명과 야생

그래서 이번에는 이탈의 록이다. 전 세계를 주유하고 고금을 넘나들면서 그녀는 본때 있게 록을 소화해 낸다. 동물-인간의 형식으로 존재하는 것들로 하여금 문명과 야생의 경계 위에서 격렬하게 놀게 하라! 이것이 핵심이다. 이 시집은 바로 그들을 위해 바쳐졌다. 시집 초반부에서부터 그들이 차례로 등장하여 "진짜 내 목소리"를 들려주기 시작한다. 첫 번째 사내. "진짜 시베리아 이야기를 들려줘"라고 말하는 화자에게 그 사내는 시베리아 호랑이를 사냥한 체험을 이야기한다. 야생을 포획하면서 스스로 야생이 되어 가는 일의 두렵고도 매혹적인 경이. "무엇인가에 사로잡혀 자신을 돌보지 않는 삶"이야말로 진정한 이탈의 삶이라고 이 시는 말한다.(「시베리아의 밤」) 두 번째 사내. 악어 다큐멘터리를 찍으려다 절명한 사나이. 이 사나이가 시인에게 매혹적인 까닭은 그의 비극적 죽음 때문이 아닐 것이다. 야생과 접속하기 위한 노력이 그 사내를 동물-인간의 경지로 데려가서 그의 안에 "악어와 뒹굴고/ 상어와 나란히 헤엄치던 야생의 피"를 흐르게 하였기 때문일 것이다.(「악어사나이」) 세 번째 사내. "맹금류에 버금가는 시력"을 가졌으나 지금은 갈비집에 취직한 전직 사냥꾼. 시인은 "한 번 사냥꾼은 영원한 사냥꾼"이라는 말로 그의 삶에 경의를 표한다.(「사냥꾼」)

동물-인간은 인간-동물로 교체되기도 한다. 인간의 영역으로 건너왔다 건너가는 동물들 역시 시인을 매료한다. "자연과 인간을 넘나들며 (……) 치욕 따위는 뼛구멍까지 핥아 먹는" 코요테에게 경탄하면서 시인은 그 자신 코요테가된다. "미칠 것 같은 밤이면 나는 독주에 영혼을 팔고 들짐승을 노리는 코요테의 감각으로 어둠 속을 서성이지 발톱처럼 자라는 공격성"(「코요테」) 고속도로에서 비명횡사하는 고라니를 "순교할 준비가 되어 있는 소녀 자살 특공대"로 격상하고, 그들의 비극적 죽음을 "터널 아래로 뛰어내려 고속도로를 혼란에 빠뜨리는" 능동적 테러로 바꿔 놓은 상상력도 참신하다.(「로드킬」) 이 두 편의 시에서 코요테와고라니는 인간의 속성을 얼마간 가져가면서 동물과 인간의경계 지점에까지 육박해 온다. 이번 시집에서 동시대 현대미술에 대한 해박한 참조가 빈번한 것도 대개 이런 맥락에서다.(첫 번째 시집에서 피처링을 했던 로커들이 퇴장한 자리에 미술가들이 대거 투입된 형국이다.) 동물-인간의 경계를교란하는 미술가들에 대한 시인의 공감 어린 지지가 산출한 시편들이 다수 보인다.

한 사나이가 걷는다
경계의 안과 밖을 넘어
길을 음미하고
밀회하며

자신이 걸어온 길의 신화를 만든다

—「알래스카-마이클 주에게」에서

부제 그대로 위의 시는 마이클 주(Michael Joo)의 비디오 작품 「1년 주기 리듬(Circannual Rhythm)」과 「소금 이동의 순환(Salt Transfer Cycle)」을 요령 있게 변주한 시로 읽힌다.(이 작품들은 2006년 말~2007년 초 로댕갤러리에서 전시되었다.) 일일이 지적하기는 어렵지만 이 시에서 묘사되는 행위들은 두 작품의 영상을 구성하는 일련의 행위들을 문장으로 옮겨 놓은 것이다. 중요한 것은 그 작품들에 대한 시인의 해석이다. 인용한 대목에서 시인은 마이클 주의 작품을 "경계의 안과 밖"을 넘나드는 미학적 실천으로 읽고 있다. 그 경계란 아마도 문명과 자연의 경계 혹은 인간과 동물의 경계일 것이다. 이런 월경(越境)만이 그녀의 관심을 끌 자격이 있다. 마이클 주가 "도로의 감식가"라면, 일생을 나무 조각에 몰두해 온 조각가 데이비드 내시(David Nash)는 "나무 언어 감식가"라고 할 만한데, 「나무인지 바위인지」는 바로 데이비드 내시의 작품 「나무바위(Wooden Boulder)」를 소재로 한 듯하다. 이 작품의 제작 경위가 1연에 묘사되어 있거니와, 시인은 나무도 아니고 바위도 아닌 '나무-바위'의 "두 번째 생"에 매혹된 듯 보인다.(참고로 말하자면 「붉은 소파, 생물학적 연대기」는 붉은 소파를 들고 전 세계를 떠도는 독일 출신의 사진작가 호어스트 바커바르트(Horst Wackerbarth)를, 「백상아리 레퀴엠」은 데미언 허스트(Damien Hirst)의 설치미술 작품 「살아 있는 자의 마음속에서 죽음의 육체적 불가능성(The physical impossibility of death in mind someone living)」(일명 '상어')을 소재로 한 것이다.)

지금까지 언급한 시들에서 우리는 동물도 아니고 인간도 아닌 어떤 존재에 대한 강렬한 열망을 발견한다. 그 존재들은 호랑이-인간, 악어-인간, 자연-인간 등으로 표현할 수밖에 없는 창조적 이탈의 주인공들이다. 이것은 흉내(imitation), 모방(mimesis), 동감(sympathy), 동일시(identification) 등과는 달라 보인다. 고정된 두 항(項)이 있고 하나의 항이 다른 항이 됨으로써 종결되는 사태가 아니라, 두 항이 서로 얽히면서 제3의 존재로 생성(becoming)되는 어떤 사태다. 이를 들뢰즈와 가타리가 '동물-되기'라고 명명한 어떤 존재론적-미학적-윤리학적 실천과 나란히 놓지 않을 수가 없다.(동물과 변신과 문학의 내밀한 관계에 대해서는 서동욱의 탁월한 글 「동물 변신 문학」(《세계의 문학》 2006 겨울호)을 참고할 수 있다.) 고정된 정체성의 완강한 고수는 이 시인의 관심사가 아니다. "자연과 인간을 넘나들며"(「코요테」) 혹은 "나무인지 바위인지 정체성도 잊은 채"(「나무인지 바위인지」) 다만 흐르고 흘러가면서 두 번째, 세 번째, 네 번째 생을 실험하는 부단한 갱신의 실천이 이 표범-여인의 집요한 욕망이다. 이 대목에서 시인은 황지우의 정치적 동물(「산경」, 『게 눈 속의 연꽃』), 남진우의 신화적 동물(『새벽 세 시의 사자 한 마리』), 권혁웅의 상상적 동물(『그 얼굴에 입술을 대다』) 등과 갈라지면서 동시대 젊은 시인들의 반(反)인간주의와 결합한다. 이 시집이 발견한 가장 흥미로운 공간과 캐릭터 가 여기에 있다.

물어 버리기 위해
이빨을 아끼는 것이 아니라
이빨이 없어서
물지 못하는 것이라고
청담동 표범약사는
밤이면 긴 혀로 유리창을 핥으며
우아하게 내리는 눈을 바라본다

　　　　　　　　　　　　──「표범약국」에서

표범약사는
가로수 가지에 시체를 걸쳐 두고
머리부터 살점을 깨끗이 발라 먹기 시작했다

겨우 겨우 피의 위안으로
문명을 견뎌 내는 표범약사

　　　　　　　　　──「표범약사의 이중생활」에서

자물쇠를 채운 캐비닛, 감춰 둔 만다린 오렌지 빛 알약들,
태엽 장치를 풀고 표범약사는 매일 자신을 위한 처방을 내
리지 피가 솟구치는 오전에 세 알, 참을 수 없이 화가 치밀어
혈관이 폭발하는 저녁에 다섯 알 (……) // 누구나 자신만의
기념비적인 마취제가 필요해!

──「표범약사의 비밀 약장」에서

　　표범약국은 서울시 강남구 청담동 47-3번지에 있다. 이
약국의 특이한 상호가 시인에게 일련의 독특한 상상을 촉
발했을 것이다. 표범약국이니까 당연히 표범약사가 있겠
지.(이 표범-약사는 물론 앞서 살펴본 표범-여인의 변종이다.)
그는 동물이면서 동시에 인간일 것이고, 혹은 동물도 인
간도 아닐 거야……. 이는 문명의 야생 혹은 야생의 문명
을 표상하는 데 맞춤한 존재가 된다. 문명의 야생? 실상
"인간의 육체를 포장해 온 무수한 환상을 제거하고/ 오로
지 생물학적으로만 본다면"(「표범약국」) 인간은 부정적인
의미에서의 맹수와 다를 바 없고, 인간의 삶이란 "원형경
기장" 속의 그것에 불과할지도 모른다는 것이다. 다른 시
에서 시인은 이 문명의 야생을 "포르노그래피"라 지칭하
고 있는데(「맹수에 관한 포르노그래피」), 시인이 추구하는
것은 "인간의 외설로 얼룩진 맹수가 아니라 진짜 호랑이",
즉 진정한 '야생의 문명'일 것이다. 이런 맥락에서 보면
표범약사는 불모의 문명을 표상하는 페르소나가 된다. 그

러나 야성이 완전히 소멸될 수는 없다. 그래서 이중생활은 불가피하다. 밤이면 인간을 사냥하는 그는 "피의 위안으로 문명을 견뎌"낸다.(「표범약사의 이중생활」) 이 이중생활에 대한 상상은 표범약국 어딘가에 비밀 약장이 있을 거라는 상상으로 이어진다. "누구나 자신만의 기념비적인 마취제가 필요해!"(「표범약사의 비밀 약장」) 왜 아니겠는가. 마취제 따위가 필요 없어지는 강력한 도발이 있을 때까지 우리의 '이중생활'과 '비밀 약장'은 불가피하다.

시와 윤리: 건전과 건강

들뢰즈의 말마따나 비평적인(critical) 것은 임상적인(clinical) 것과 함께 가야 한다. 작가의 건강 상태를 점검해야 한다는 뜻이 아니다. 스피노자는 허약했고 로런스는 각혈이 심했으며 니체에게는 끔찍한 편두통이 있었다. 그러나 그들의 텍스트는 생생하기 이를 데 없다. 바로 그 텍스트의 건강 상태를 점검해야 한다. 모든 문학작품은 삶의 한 방식을 함축한다. 그것은 비평적으로 평가받아야 할 뿐만 아니라 임상적으로도 평가받아야만 한다. 작품의 의미를 분석하고 재구성하는 전통적인 의미의 비평 작업은 텍스트가 ('재현'이 아니라) '창안'하고 있는 어떤 '삶'의 위상을 진단하는 작업과 결합해야 한다. 이 삶은 존재론적으로 어떤 (의미가 아니라) 힘을 갖는가, 이 삶은 과연 윤리적으로 (선한 삶이 아니라) 좋은 삶인가. 말하자면 이런 질문을 던지게 하는 작품이 좋은 작품이다.(지금까지의 논의는 들뢰즈의 소위 '비평과 임상' 기획의 골자를 요약한 것이다. 이에 대해서는 들뢰즈의 『비평과 임상(*Critique et Clinique*)』을, 더불어 대니얼 W. 스미스가 쓴 영역본 서론을 참조할 수 있다.) 두 종류의 텍스트가 있을 수 있다. 공감(sympathy)의 텍스트는 감정이입과 카타르시스를 유도한다. 촉발(affection)의 텍스트는 몸을 자극하고 삶의 좌표를 흔든다. 진단을 유도하는 작품은 후자다. 문혜진의 시는 어느 쪽인가.

물론 후자 쪽이다. 그녀의 시가 뿜어내는 특유의 활력은 그 '임상적' 건강성에서 나오는 것 같다. 건강하다는 것은 무엇인가. 건전하지 않은 것이다. 건전과 건강을 구별해야 한다. '건전'이 집단적 '도덕'의 시선에서 '선한' 것으로 판단되는 어떤 속성이라면, '건강'은 개인적 '윤리'의 시선에서 '좋은' 것으로 판단되는 어떤 속성이라고 말할 수 있다. 이 시인이 추구하는 이탈의 에너지는 오로지 좋은 삶을 향한 일로매진에 사용된다. 그녀의 시에는 삶을 '나쁜' 것으로 만든 것들에 대한 정념적 집착이 없다. 이것은 매우 드문 미덕이다. 말하자면 '트라우마(상처)'가 없고 '멜랑콜리(비애)'가 없고 '르상티망(원한)'이 없다는 것이다. 이 세 가지가 없으니 발라드가 될 수 없는 것이다. 있어도 아주 희미하게 숨어 있고 이것은 그녀 자신이 세심하게 단속한 결과로 보인다. 현재를 과거 쪽으로 당기기보다는 차라리 미래 쪽으로 밀고 나가는 데 열중한다. 이 건강성은 예컨대 다음과 같은 시에서 특히 눈에 띈다. 앞서 읽은 '표범' 연작 시와 미술 작품을 참조한 몇 편의 시들이 '동물-되기'의 상상력을 보여 준다면 아래 시는 '식물-되기'의 그것이라고 할 만하다.

> 혀는 퇴화해
> 인생을 말로 때우지 않아도 될 것이며
> 죽을똥 살았다는 뻔한 성공기는 농담이 될 것이다
> 해변에서 밀려난 산호처럼 말라 가
> 대지에 뿌리를 두지 않는
> 꼬리겨우살이
> 몰락한 공산당 기관지가 지어낸
> 허풍인지는 몰라도
> 언젠가 나는 폐로 빗물을 흡수해
> 에너지로 바꾸는
> 독립영양인간으로 진화할 것이다
>
> ──「독립영양인간 1」에서

폐허가 된 아프가니스탄에서는 아편을 먹여 아기를 재워요 아편에 중독된 아기는 보채지 않고 배고파하지도 않죠 아

무도 비대한 몸을 반기지 않아요 뚱보들을 위해 다이어트 콜
라가 나왔지만 말라깽이들의 주식이 되었어요 들쥐 연인을
위한 여인숙에는 작고 가녀린 몸들이 부딪치다 뜨거운 눈물
을 흘리며 잠이 들죠

—「독립영양인간 2」에서

동물은 종속영양생물이고 식물은 독립영양생물이다.
말하자면 동물인 인간은 독립영양생물이 될 수 없다는
뜻이다. 그런데 독립영양인간이 존재한다고 해서 화제
가 된 적이 있다. "몰락한 공산당 기관지"인 《프라우다》
(2006년 1월 23일자)에, 4년 6개월간 아무것도 먹지 않
고서도 건강하게 살아 있는 한 노인이 소개된 적이 있었
다. 아마도 이 '해외 토픽'성 기사가 시인의 상상력을 자
극했던 것 같다. 그 상상력은 우리가 독립영양인간으로
'진화'할 수 있다면 현실의 많은 질곡들이 자연스레 해결
될 수 있겠다는 상상력이다. 그렇게만 된다면 "먹고살기
위해 뼈 빠지는 일은 유머가 될 것"이고 "죽을똥 살았다
는 뻔한 성공기는 농담이 될 것"이라는 얘기다. 이 상상
력은 천진해서 매력적이다. 게다가 "언젠가 나는 (……)
독립영양인간으로 진화할 것이다"라는 시인의 믿음이 순
진한 공상이거나 기발한 상상으로 끝나지 않는 것은 그
녀가 오늘날 세계의 실상에 사려 깊게 주의를 기울이고
있기 때문이기도 하다.

예컨대 독립영양인간에 대한 일견 황당한 꿈은 "폐허가 된 아프가니스탄"의 처절한 기아(飢餓)와 짝을 이룰 때 비로소 진지한 꿈이 된다. 이와 유사한 성찰은 시집 중반부에 배치된 일련의 시들에서 반복된다. 야생 사향고양이 배설물로 만든 커피 '루왁'에 대해서 이야기하던 시인은 이 기묘한 야생의 선물에 매혹당하면서도 "하루 25억 잔의 커피가 소비되는 동안 수마트라의 아이들은 일당 500원을 받고 키가 자라지 않는다"(「루왁」)는 사실을 잊지 않는다. '이탈'을 성취한 인물들의 이면에 처절한 고독과 상처가 있음을 담담히 인식하기도 하고(「코스프레 여왕」, 「계단식 논 머리 모양을 한 소녀」), "광화문 교보문고 앞 인디오 연주자"를 보고서는 식인 물고기 피라니아처럼 달려들던 굶주린 거리의 아이들을 떠올리기도 한다.(「거리의 피라냐」) 혹은 제왕절개수술을 하면서 맨체스터 유나이티드의 축구 선수 루니를 떠올린 시인은 이내 필리핀 빈민 지역에서 만난 동명이인인 또 다른 루니를 떠올리게 되는데, 제왕절개와 장기 밀매가 교묘하게 연결되면서 시는 착잡해진다.(「루니의 의료 관광」) 이런 시들이 문혜진 시의 본령이라고 하긴 어려울지 모른다. 그러나 이런 시들 덕분에 그녀의 건강성이 그 진정성을 더욱 깊이 품는다.

시집 전체의 마지막 시에서 그녀는 나이아가라폭포 앞에 서 있다. "살갗을 파고드는 햇살 국경 너머 젖은 거삼나무 비릿한 이끼 냄새 굉음으로 먹먹한 이 거대한 물의 장막 앞에서 나의 두 번째 인생을 시작할 수 없을까?"(「나이아가라」) 이 물음표는 시의 끝부분에서 느낌표로 바뀐다. "몇 시간 앞의 날씨를 점치는 구름과 물보라의 미세한 떨림 위로 터지는 아찔한 신의 오르가슴, 여기서 나의 두 번째 인생을 시작할 수 있을까!" 첫 번째 인생을 돌이켜 사는 삶이 아니라 늘 두 번째 인생을 새롭게 시작하는 삶은 건강하다. 그녀가 지금까지 노래해 왔던 모든 '이탈의 록'들은 바로 이 두 번째 인생을 위한 것이 아니었던가. 그녀가 지금껏 세계 각지에서 읽어 왔던 모든 '야생의 경전'들은 이 두 번째 인생을 살 수 있게 해 주는 지도들이 아니었던가. 저항의 에너지를 잃어버린 냉소와 체념의 시대에, 그녀의 그 모든 '이탈의 록'과 '야생의 경전'은 "울부짖지 못하는 육식동물을 위한 포효교본"(같은 제목의 시) 같다. 그러나 우리는 그녀의 록이 더 '하드'해져도 좋겠다는 생각이 든다. 아마도 더 건강하고, 더 불온하고, 더 야생적이고, 그래서 더 섹시한 교본이 그녀에 의해 쓰일 것이다. 그녀는 드물게도 록 스피릿과 로커의 발성을 소유한 "검은 표범 여인"이 아닌가. 말하자면 "그게 바로 록이다 록! 록! 록!"(「꽃잔치 스탠드빠」)

……예컨대 김수영의 시는 확실히 발라드가 아니었습니

다. 흔히 그렇게 듣고들 있지만 「풀」은 저항적인 포크록도 아닙니다. 그 시가 포착하고 있는 세계는 차라리 혼돈스러운 동사들의 뉘앙스가 합종연횡하는 카오스모스의 세계입니다. 그의 마술적인 걸작 중 하나인 「꽃잎 2」는 또 어떻습니까. 이런 시들이 들려주는 사운드는 차라리 앰비언트나 일렉트로니카에 가깝다고 생각합니다. 김혜순은 여성 시의 사운드를 다채로운 방식으로 개척한 뮤지션입니다. 그녀의 시는 한 편 한 편이 새로운 사운드의 실험이었습니다. 황지우는 어떻습니까. 그의 가장 중요한 공헌 중 하나는 '정치적인 것'을 전달하는 기왕의 시들이 흔히 채택하곤 했던 사운드를 혁신했다는 것입니다. 비평가들은 박상순과 함성호와 박정대의 독자적인 사운드 메이킹 능력에도 충분히 주의를 기울이지 않았습니다. 그런 맥락에서 보면 최근의 한국 시는 발악(發樂) 중인 난장(亂場)입니다. 이토록 시의 사운드가 중구난방 만화방창이었던 적이 있었던가요. 이제 여기에 새로운 사운드 하나가 추가될 것입니다. (……) 당분간 결론은 이겁니다. 우리에게 더 많은 록, 더 더 많은 록, 더 더 더 많은 록을!

　　　—「시의 사운드를 어떻게 어레인지할 것인가」에서

　　　　　　　　　　　　　　　　(문학평론가)

문혜진

1976년 경북 김천에서 태어나 추계예대 문창과와 한양대 대학원 국문과를 졸업했다.
1998년 《문학사상》으로 등단했으며 시집 『질 나쁜 연애』가 있다.
2007년 제26회 〈김수영 문학상〉을 수상했다.

검은 표범 여인

1판 1쇄 펴냄 2007년 12월 17일
1판 3쇄 펴냄 2021년 10월 8일

지은이 문혜진
발행인 박근섭, 박상준
펴낸곳 (주) 민음사

출판등록 1966. 5. 19. 제16-490호
서울특별시 강남구 도산대로1길 62(신사동)
강남출판문화센터 5층(우편번호 06027)
대표전화 02-515-2000 / 팩시밀리 02-515-2007
www.minumsa.com